# 越过山丘

## 我们的支教小记

李歆　张梦蝶／主编

華中科技大學出版社
http://press.hust.edu.cn
中国·武汉

**图书在版编目(CIP)数据**

越过山丘:我们的支教小记/李歆,张梦蝶主编.—武汉:华中科技大学出版社,2023.12

ISBN 978-7-5772-0208-2

Ⅰ.①越… Ⅱ.①李… ②张… Ⅲ.①纪实文学—中国—当代 Ⅳ.①I25

中国国家版本馆CIP数据核字(2023)第217438号

**越过山丘:我们的支教小记**

Yueguo Shanqiu : Women de Zhijiao Xiaoji

李歆 张梦蝶 主编

策划编辑:饶 静

责任编辑:康 艳

封面设计:琥珀视觉

责任校对:李 弋

责任监印:朱 玢

出版发行:华中科技大学出版社(中国·武汉) 电话:(027)81321913

武汉市东湖新技术开发区华工科技园 邮编:430223

录 排:孙雅丽

印 刷:湖北新华印务有限公司

开 本:880mm×1230mm 1/32

印 张:6.25

字 数:151千字

版 次:2023年12月第1版第1次印刷

定 价:49.80元

华中出版

本书若有印装质量问题,请向出版社营销中心调换

全国免费服务热线:400-6679-118 竭诚为您服务

# 编 委 会

**主编：**

李　歆　张梦蝶

**编委：**

韩　峰　冯　江　赵昆磊

汤文萍　王瓅珠

# 序

中国西部地区包括内蒙古自治区、广西壮族自治区、重庆市、四川省、贵州省、云南省、西藏自治区、陕西省、甘肃省、青海省、宁夏回族自治区、新疆维吾尔自治区及新疆生产建设兵团，总面积约占全国陆地面积的72%，在维护国家生态安全、水安全、能源安全、国防边境安全等方面具有十分重要的战略地位。

一直以来，党中央和国务院高度重视西部地区的发展，提出了“西部大开发”的战略构想。实施西部大开发战略，是党中央总揽全局，在世纪之交做出的重大战略决策。

“扶贫先扶志，扶贫必扶智。”在西部大开发的战略背景下，共青团中央与教育部共同组织实施中国青年志愿者扶贫接力计划研究生支教团项目，自此开启了研究生支教团西部支教扶贫的青春志愿接力。

2020年8月，南京医科大学正式被共青团中央确定为研究生支教团项目单位，按照“公开招募、自愿报名、择优选拔”的方式，在校团委的组织下，于校内择优招募3名具备推荐免试攻读硕士学位研究生条件的优秀应届本科毕业生前往四川汶川进行一年的志愿支教服务。药学院2021届临床药学专业本科毕业生张梦蝶同学积极报名参加选拔，最终通过个人综合考察、学业考察、面试、心理测评、试讲、体检等环节，顺利入选南京医科大学首届研究生支教团，张梦蝶同学也是南京医科大学药学院第一位加入研究生支教团的同学。

此书的撰写工作始于张梦蝶同学支教伊始，刚开始《梦蝶日记》以微信公众号推文的方式连载。服务期满回校后，在药学院的组织下，张梦蝶联合研究生支教团的其他两位同学——护理学院的汤文萍同学和医政学院的王瓅珠同学，加入其他高校的研究生支教团志愿者们的回忆，书写了研究生支教团志愿者们从招募选拔、岗前培训，到步入课堂，再到深深融入当地的支教故事。文字朴实，感情细腻，叙事平缓轻快，细致入微，图片资料丰富，涵盖整个支教过程。

该书写成于2023年7月，写就之时天朗气清，新冠肺炎疫情的乌云已悄然消散。“用一年不长的时间，做一件终身难忘的事”——这群正值芳华的同学用这一年多的支教经历，回答了时代对青年们提出的问卷。

我希望这本书能给风华正茂的青年学生们一些有益的启示：处在乡村振兴、民族崛起的时代洪流中，新时代青年应将个人理想抱负与国家需求、民族命运紧密地结合起来，身体力行，不断深入基层，在社会实践中不断探索、坚持学习、不断反思、不断感悟，成长为具有爱国主义情怀、理想信念坚定并能肩负起民族复兴的时代重任的新时代好青年。

是为序。

2023年11月15日

# 第23届
# 研究生支教团成员简介

中国青年志愿者扶贫接力计划研究生支教团是由共青团中央、教育部联合组织实施的青年志愿者扶贫接力计划全国示范项目。我校于2020年8月被团中央确定为研究生支教团项目单位。

经过一系列的报名、选拔等工作，南京医科大学首届研究生支教团暨第23届研究生支教团由王瓅珠、汤文萍、张梦蝶三位同学组成。2021年她们前往四川汶川进行一年的支教服务。

她们的个人简介如下。

# 有一分光，发一分热
## ——王瓅珠

王瓅珠，女，中共党员，本科就读于南京医科大学医政学院公共事业管理专业，现为南京医科大学医政学院硕士研究生二年级学生。

### 学习勤奋　成绩优良

王瓅珠在大学期间专业成绩排名年级前20%，曾获校级二、三等奖学金，同时完成法学辅修，成功通过大学英语四六级考试、全国计算机三级考试、医护英语四级考试、普通话等级考试等。

## 工作负责　技能多样

王瓅珠曾先后担任校学生会策划部副部长、校学生会社会联络中心主任、校青协总负责人、校团委实践部常务副部长。她也是南京医科大学“医心逐梦”青年学习社的重要成员。

## 积极志愿　吃苦耐劳

本科期间，王瓅珠已完成198个志愿PU学时，曾获“校优秀志愿者”“十佳志愿者”等多项荣誉称号，并多次被评为三下乡社会实践先进个人。她曾作为志愿者参与首届全国大学生公共卫生综合技能大赛、临床执业医师技能大赛、江苏高校管乐与行进管乐展示活动、全国大学生艺术展演等。在假期中，她也积极参加国际志愿者组织组织的环境保护项目。

## 埋在心底的一粒种子
### ——汤文萍

汤文萍，女，中共党员，本科就读于南京医科大学护理学院护理学专业，现为南京医科大学护理学院硕士研究生二年级学生。

### 成绩优异　能力出众

长期以来，汤文萍学习认真刻苦、脚踏实地，善于思考和钻研，专业成绩名列前茅。她一直严格要求自己，曾多次获得校级优秀学生奖学金。

## 工作负责　经验丰富

汤文萍对待工作严谨负责，曾多次获得“优秀团支书”“优秀班长”荣誉，她常在课余时间参与志愿活动，有丰富的活动经验，面对突发状况沉着冷静，具有较强的组织能力。

## 爱好广泛　多才多艺

汤文萍爱好书法，也擅长吉他与竹笛，她说："习书法以静心，磨砺心性；奏乐器以悦心，陶冶情操。"真正做到了多才多艺、德智体美劳全面发展。

# 心有所信，方能行远
## ——张梦蝶

张梦蝶，女，中共党员，本科就读于南京医科大学药学院临床药学专业，现为南京医科大学药学院硕士研究生二年级学生。

### 热情开朗　与人为善

张梦蝶热心公益，时刻保持积极向上的奋斗心态，曾组织药学院公益项目“十年小丹阳”项目、筹办举行义卖活动，并全程参与。

## 德才兼备　热心志愿

张梦蝶对待学业毫不懈怠，曾多次获得校级优秀学生奖学金。她还积极参与南京医科大学第一附属医院（江苏省人民医院）志愿行活动、淮安火车站暖冬行动等各项志愿活动，有丰富的志愿服务经历。

## 工作认真　态度负责

张梦蝶在本科期间曾担任班级宣传委员、药学院创新创业中心勤工助学部部长等职，协助学院完成助学金的申报，并积极就相关问题为同学们答疑解惑。

（部分内容转载自青年南医公众号）

# 目 录

## 辑三

## 补充

# 辑一

# 织茧

（2020.9—2021.7）

## 1.关于招募选拔南京医科大学首届“研究生支教团”志愿者的通知

2020年9月4日晚上11点35分，正是酣睡的时刻，夜幕下的城市灯光点点。南京医科大学青年南医公众号发布了一则关于招募选拔南京医科大学首届“研究生支教团”志愿者的通知。

那时我还是南京医科大学药学院2016级临床药学专业的本科生，在南京医科大学附属常州第二人民医院的药学部实习。那晚我洗漱完躺到床上，卸下满身疲惫后，刚刚打开手机就看到了朋友给我转发的这则通知，刚准备休息的细胞仿佛一下子被调动起来，阅读完几页的通知后，“支教，到祖国西部去”这句话在我的脑海中回荡。

那一晚我久久不能入眠，不断搜索“研究生支教团”的信息，因为这一年是南京医科大学首次派遣“研究生支教团”志愿者，也就意味着在我们之前，本校没有任何的经验可供借鉴。值得庆幸的是，在全国的高校范围内，“研究生支教团”招募和派遣体系已十分成熟，也有很多的前辈分享了他们的支教经验。在大范围地搜索后，我踏入了支教志愿者的世界。凌晨3点，我放下手机，决定报名参加南京医科大学首届“研究生支教团”志愿者选拔。

从看到通知到决定支教，我并没有思考太多时间。就像命运某一天偶然递给我一根接力棒，而我斩钉截铁地接住并起跑一样。

第二天一早，我将这则通知转发给我的家人，并向他们表达了我想去支教的愿望。平时沉默寡言的爸爸在第一时间对我说："姑娘，只要是你决定好的，老爸都支持你。"这句话给了我莫大的勇气。起初，妈妈不同意，理由是怕我吃不了苦，但妈妈向来是最好说话的，我对她晓之以理，动之以情，她也同意了。背负着妈妈对我的心疼与担心，我能做的只有不断地武装自己、强化自己，成为一个让父母放心的大人。

获得了家长的同意之后，我开始填写报名表，在学院院长、书记、辅导员老师的帮助下，我一路披荆斩棘，过五关斩六将，终于拿到了珍贵的支教名额。

有很多人问过我为什么选择去支教。

就当时报名的我来说，那就是一件很自然的事情。就像命运递过来一根接力棒，而我斩钉截铁地抓住了它。追根溯源，我心中这颗支教的种子萌芽得很早。"希望工程"宣传片里那个女孩的那双亮晶晶的大眼睛印在了很多人的心里，没有缘由的，我也想去山区看看小朋友们的眼睛。在大学期间，我参加过许许多多的志愿活动，也参加了学院内的"十年小丹阳"帮扶项目，但是真正意义上的支教没有做过。这颗种子一直埋在心底，在大学快毕业、人生正迎来新阶段的时候，随着招募通知的发布，它终于破土而出了。我知道支教不只是诗和远方，也是勇气与责任，更是使命与担当。西部那片我从来没有踏足过的土地可能是贫瘠的、荒芜的，但也是厚重的。

习近平总书记在党的二十大报告中寄语广大青年，"怀抱梦想又脚踏实地，敢想敢为又善作善成”，我想我暂且迈出了第一步——怀抱梦想又敢想敢为，未来且看我的奋斗吧！

关于招募选拔南京医科大学首届“研究生支教团”志愿者的通知

青年南医 2020-09-04 23:35 发表于江苏

**中国青年志愿者扶贫接力计划研究生支教团（以下简称“研究生支教团”）**是由共青团中央、国家教育部联合组织实施的青年志愿者扶贫接力计划全国示范项目，是国家重大人才工程“高校毕业生基层培养计划”的子项目。项目采取**公开招募**的方式，每年在全国部分重点高校中招募一定数量**具备推荐免试攻读硕士学位研究生条件的、有奉献精神、身心健康、能够胜任支教扶贫工作的应届本科毕业生**，以**志愿服务**的方式到西部地区县级以下中小学开展**为期一年**的基础教育教学志愿服务工作。服务期满后，由下一批志愿者接替其工作，形成“志愿加接力”的长效工作机制。

我校2020年8月被团中央确定为研究生支教团项目单位，今年是开展此项活动的第一年。根据《关于组建中国青年志愿者扶贫接力计划第23届研究生支教团（2021-2022年度）有关工作安排的通知》要求，结合我校实际情况，现将第23届“研究生支教团”南京医科大学志愿者公开招募选拔工作的有关事项通知如下：

关于招募选拔南京医科大学首届“研究生支教团”志愿者的通知

## 2.岗前培训小记

2020年9月，经过重重选拔后，我和医政学院的王璨珠同学、护理学院的汤文萍同学组成了南京医科大学首届研究生支教团（以下简称研支团）。团队组建后，在校团委的积极推动下，我们分别在实习地以线上线下相结合的方式展开了岗前培训工作，主要包括教育教学能力、党史学习能力、地方人文教育、应急救护培训、志愿服务实践能力、思想政治与安全知识教育等方面的培训。

教育教学能力培训方面，为了提前了解支教地教育规定、适应当地基本情况、掌握常用知识技能，我们在校团委的带领下重点开展了师德师风专题警示教育，教师基本素养、中小学教学能力、中小学教学理论、中小学教育法律法规学习，支教服务地教学资源库建设，以及样板课程探索等。自2021年3月起，我们开始前往小学开展实地教学工作，由于我们在不同的单位实习，校团委积极帮我们联系了实习地附近的中小学，我当时在南京医科大学附属常州第二人民医院实习，为我安排的教学实习地为常州大学附属小学，主要实习科目是六年级语文，每周我都会以实习老师的身份进行教学实践，以提高教学能力水平。同时，在教学能力培养方面，我们还参加了由南京师范大学主办的第23届研支团联合培训。由于疫情原因，培训以线上方式进行，培训课程涉及教育教学知识、教学能力和教师行为规范等，重视理论和实践相结合。通过授课老师们的细心讲授和在实习中活学活用，我们初步掌握了教师的基本技能和职业道德规范。

参加教育教学能力培训

与常州大学附属小学的孩子们合影

2020年2月20日，党史学习教育动员大会在北京召开，习近平总书记在会上强调："全党同志要做到学史明理、学史增信、学史崇德、学史力行，学党史、悟思想、办实事、开新局，以昂扬姿态奋力开启全面建设社会主义现代化国家新征程，以优异成绩迎接建党一百周年。"同年4月，根据共青团江苏省委有关青年志愿者党史学习教育的要求，结合我校共青团党史学习教育部署，校团委专门组织研支团成员开展专题党史学习。校党委学工部王铭泽老师、校团委盛彤彤书记分别担任主讲人，以主题演讲《学习习近平总书记关于党史的讲话》《"学党史、强信念、跟党走"共青团员学党史》《重温党的百年光辉历程》《百年大党何以风华正茂》，向我们阐释了中国共产党的精神谱系，从多个维度讲述了中国共产党的伟大发展历程。在党史学习的过程中，我们深刻认识中国共产党人的精神谱系，并从革命先辈的光荣事迹中汲取力量，使其成为我们支教期间的精神食粮。

参加赠书仪式以及专题党史学习

在地方人文教育方面，为了更好地了解支教地的情况，2021年5月，校团委带领研支团成员王瓅珠同学提前前往汶川，走访了共青团汶川县委驻地和汶川县城，并前往“5·12”汶川特大地震纪念馆参观，初步了解汶川地区的风土人情。此外，来自四川的校团委杨可欣老师也抽空为我们讲述了四川地区的风土人情和生活习惯，为我们更好地适应支教生活打下了基础。

前往汶川了解地方人文

在应急救护培训方面，由于学校应急救护培训活动的普及，本科期间我们就具备了初级救护资格，为了能够在支教地更好地普及应急救护知识和技能，2021年6月我们参加了研支团应急救护培训，主要培训内容包括危及生命情况的识别、急救反应系统的启动、成人心肺复苏术、呼吸道梗阻的识别与急救等。后来等我们到达汶川，我们在课堂上也向学生们普及了相关应急救护技能。

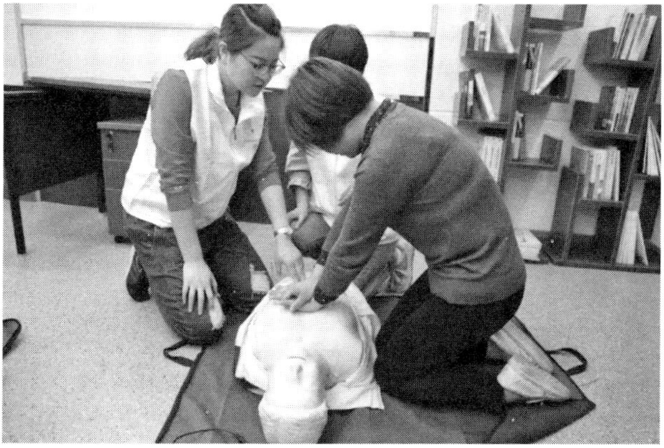

参加应急救护培训

志愿服务实践

此外，为了培养良好的志愿服务能力和团队协作意识，2020年12月，我们参加了共青团江苏省委志工部苘志鹏老师的授课。在这次学习中，我们系统地了解了志愿精神、研支团服务项目、团队管理、支教团成员情绪与压力管理等内容，提高了对支教任务的理解，为未来工作的开展奠定了良好基础。

在近一年的培训中，学校始终高度重视我们的思想政治教育与安全知识学习。2021年4月，我们主动申请参加了学校2021年青年马克思主义者培养工程领航精英班的培训。经过系统培训，我们的思想政治素质、政策理论水平、创新实践能力、组织协调能力均有了显著提高。其间，校团委还多次组织安全知识教育活动，我们研支团积极参加，提高了各类突发安全事件的应急处置能力。

在为期近一年的岗前培训活动中，我们不断武装自己、充实自己，不放过任何一个提升的机会，在校团委和实习地以及各单位的老师、前辈的帮助下，我们的能力和心理素质各方面都得到了很大的提升，对未来的支教生活充满了期待。

参加青年马克思主义者培养工程领航精英班培训

## 3. 难忘的毕业季

2021年，随着春天的到来，天气渐渐暖和起来。4月底，我们的岗前培训接近尾声；5月，在各地实习的我们开始准备毕业考核；6月，顺利通过毕业答辩的我们也迎来了我们人生的两个重要节点：大学生涯的终点和支教生涯的起点。

### 终点：毕业笙箫起

7月3日，学校组织了2021年毕业典礼暨学位授予仪式。我撰写本书时，正值两年后，毕业典礼上即将离任的沈校长对我们的深情寄语“一心一意，一事一生”仍然历历在耳。他说：“希望全体毕业生捧一心，倾一意，心有所向，不忘初心，不易素心，一心一意专注于想要达成的目标；择一事，终一生，找到愿意为之终己一生、钟爱一生的事业，活出对得起家国人民期待的无悔人生。”后来，在一年的支教生活中以及回到校园继续进行科研工作时，每当我沮丧、陷入低谷时，我总会想起沈校长的殷殷嘱托，“心有所向，不忘初心”。毕业典礼上，校党委书记王长青为我们首届研支团的三位成员和两名赴西藏工作的西部计划成员授旗。

毕业典礼王长青书记为我们授旗

## 新的起点：出征仪式

2021年6月30日，学校在德馨楼举行了2021届毕业生志愿服务西部计划和研究生支教团志愿者出征仪式座谈会，校党委常委、副校长徐珊，校党委常委、宣传部统战部部长沈瑞林等领导出席了仪式并为即将奔赴西部开展志愿服务的我们送行。

出征仪式（一）

出征仪式（二）

会上，徐珊副校长嘱咐我们平安、健康、快乐、充实地工作和生活，在服务地留下最美好的青春回忆，并希望我们在实践的历练中进一步领悟并践行正确的成长之路，弘扬“奉献、友爱、互助、进步”的志愿服务精神。

徐珊副校长在出征仪式上发言

2021年7月5日，药学院为我举办了“张梦蝶同志赴汶川支教欢送会”。学院党委书记马俊、学院院长韩峰、学院党委副书记冯江等领导和老师们出席了欢送会。欢送会上，我简要地向学院领导、老师们汇报了自己参加研支团的遴选过程、后续计划安排、支教工作展望等等。学院领导和老师也纷纷送上祝福，并表示将全力支持和配合我的支教工作。在后来的支教生活中，学院始终像家人一样关心我的工作和生活，支持我、鼓励我，让远在四川的我深受感动。

药学院举行“张梦蝶同学赴汶川支教欢送会”

我们毕业啦

就这样，带着校领导、学院领导，以及老师们的教导和殷切期望，我收拾行囊，准备踏上人生另一段难忘的旅程。

（部分内容转载自青年南医公众号、南京医科大学药学院官网）

## 4.出征记——好事多磨

出发的日子确定为2021年7月18日，出发前一晚我告别家人从家乡淮安出发前往南京，预备第二天从南京禄口机场飞往四川成都。当时疫情形势依然十分严峻，但是盛彤彤书记依然在起飞当天前往机场给我们送行，郭政老师和护理学院的辅导员老师也同我们一起前往四川，许许多多的老师在这一路给了我们很多支持。

如果要用一个成语概括出发的那一天，我想“好事多磨”是最合适的。在出发当天，由于在学校还有一部分行李需要处理，又值暑期，拿行李和寄行李遇到了一些问题和阻碍，等我到达机场的时候大家都在等我了。托运行李的时候又遇到行李超重、有锐物等问题需要反复排查，等我把所有的手续办完，航班却延误了，我们又等了一会儿。到达成都双流机场的时候已经是下午4点30分了。这次的登机经历告诉我，凡事要有所准备，在生活和工作中都要做到细心、细致、条理清晰。

我们在成都住了一晚，第二天一早就乘坐面包车前往位于阿坝藏族羌族自治州汶川县水磨镇的阿坝师范学院开始志愿者培训，当时我们都不知道疫情的阴影已经离我们很近了。

从南京禄口机场起飞前往四川

## 5.志愿者相聚在这里

7月19日上午，在郭政老师的带领下，我们乘车到达了位于四川省汶川县水磨古镇的阿坝师范学院，即将开始为期4天的志愿者培训。当年服务于阿坝州的志愿者们（包括研究生支教团志愿者和“大学生志愿服务西部计划”志愿者）都在这一天前来注册报到，准备接受培训。

7月中旬，正值酷暑，汶川却一点都不热。事实上，汶川冬天不会太冷，夏天也不会过热，除了由于海拔较高导致的紫外线强外，气候较之南京简直算得上优越了。报到时，我们和另一位即将在汶川县服务的同志吕虹林分配到了同一间宿舍，虹林来自四川乐山，也是学药学的，讲一口“川普”，肤色偏深，中等个子，极瘦，为人率真而耿直，颇有“大哥”风范，此后的一年中我们成为并肩战斗的队友，后来我们都叫她“林哥”。她真的很会照顾他人，是一位值得信赖的队友。结识了新朋友，收拾完行李之后，我们在傍晚结伴绕着校园走了一圈。我们对什么都很感兴趣，眼睛不断搜寻，惊叹于这座位于大山里的大学的人文和艺术气息——汶川或者说阿坝州有很多羌族、藏族居民，

到阿坝师范学院报到

他们能歌善舞，自信且活泼，校园中到处洋溢着自由、自然和原生态的气息。我们走过长长的下坡路，在夕阳中看见树上夏蝉褪下的蝉蜕，亮晶晶的。盛夏意味着别离，也意味着新一段旅程的开始，我们所有人都将褪去稚嫩，慢慢成长。

在结束短短的游览后，月亮也悄悄地爬上来了，我们前往教室参加志愿者破冰活动。2021—2022年服务于阿坝州的志愿者们都在教室中集合，大家以大学为单位介绍自己和自己的团队。我们的队伍是刚组建的，一切还在探索中，而有的团队已经积累了非常丰富的工作经验，也与支教地建立了非常深厚的情感。我们结识了很多有经验、有想法的老团队，也结识了很多兄弟姐妹。在后来的工作中，大家保持联系，经常交流支教经验。

参加志愿者培训破冰活动

破冰活动结束后，我们仍然有点意犹未尽，于是就结伴去操场散步。两天来，从淮安到南京，从成都到汶川，虽然认识了很多优秀的伙伴，但心头总萦绕着淡淡的乡愁。望着月亮，我想不管走到哪里，头顶的月都是故乡的月。

观看扶贫电影

## 6.突发疫情

培训的第二天，新闻报道了南京禄口机场的疫情情况，而我们两天前刚从南京禄口机场前往汶川，尽管我们的核酸结果显示的都是阴性，但是大家依然惴惴不安，生怕拖累其他志愿者和老师。

经历了一天的惶恐后，7月21日一早，我们几位南京来的志愿者就被安排前往汶川县党校进行隔离。我生平第一次坐上了救护车，这也算人生的小小奇遇。救护车载我们经过即将服务的中学——四川省汶川中学，虽然只是匆匆一瞥，但这校园却给我留下了祥和、安静而敦实的印象。

除了我们三个女生以外，坐上救护车前往隔离点的还有一位当天刚从禄口机场飞来的研支团成员——季行健。他来自安徽医科大学，是安徽医科大学第23届研支团的队长，为人健谈而稳重，真是人如其名——“天行健，君子以自强不息”。他是这次隔离的志愿者中唯一的男志愿者，相识不过短短半天，我们便都亲切地称呼他为“季兄”。我们一起在党校隔离了14天，四个人加了好友、拉了微信群，常常在傍晚时候聊天，讨论当天的饭菜和天气。谈及自己以往的经历时，我惊讶地发现我们都在读本科的时候去过英国曼城，说不定走过同一个街头、逛过同一家超市，生命常常会埋下一些伏笔，等着日后变成相遇的奇迹。季兄还常常在朋友圈发一些阅读党史的感悟，令我们钦佩不已。

隔离时，每天上午8点、中午12点、下午6点左右都会有工作人员来送盒饭，此外每天上午都会有工作人员来为我们测咽拭子，所有的隔离人员建了一个微信群，缺乏必要的物资可以在群里接龙。隔离期间，在房间不能运动，短短14天，我们都吃胖了许多——川菜真是太好吃啦！当地政府和医疗机构对我们非常照顾，缓解了我们的思乡之情。

除此之外，共青团汶川县委也给我们送来了慰问物资，我印象最深刻的是红军粮和李子。红军粮里有一包青稞制成的小点心，小小的饼干，呈石子状，表面凹凸不平，有粗糙感，嚼起来有奶香味。红军经过阿坝州的雪山、草地时可能连青稞都吃不上，正是这些先辈无畏无私的付出，才成就了如今的强盛中国。青脆李和红脆李是汶川的特产，红脆李尤其像黑布林，咬到嘴里却是脆脆的口感，我尤其偏爱青脆李，结束支教回到江苏之后也再没有吃过汶川的脆李了……

隔离期间收到的慰问物资

## 7.解除隔离

7月悄悄进入尾声，随着8月的开启，我们在党校的隔离也接近尾声。

8月4日，我们结束了在党校的隔离。撤出党校的时候，隔着厚厚的防护服我们没能看清楚一直辛苦为我们购买物资、测核酸、做消杀、送盒饭的工作人员。作为医学院校的学生，我深知防疫工作有多么辛苦，也深知疫情的危害，但是直到结束支教回到学校，我作为党员穿上防护服支援学校日常核酸检测工作，一测核酸就是一个下午的时候，我才真正地理解了他们的辛苦，并深深地对他们致以最高的敬意。

14天的集中隔离结束后，按照当时的政策要求，我们又前往镇上的旅馆进行了7天的居家自主隔离，非必要不出门，三天去汶川县医院测一次核酸。就这样，8月11日，我们终于成为无风险人群。此时我们才有机会好好地端详这座曾经分崩离析的小城。

汶川县位于四川中部、阿坝藏族羌族自治州东南部，一条岷江依县城流淌。岷江滋养着汶川，岷江古称“汶水”，汶川因此得名。汶川县作为国家级文化生态保护区，下辖9个镇，其中水磨镇是我们志愿者接受培训的地点，而我们的服务地位于威州镇雁门乡汶川中学。这里四处环山，属于暖温带季风气候，是真正的“十里不同天”。威州镇比较干旱，而往南去往映秀镇，气候便逐渐变得潮湿了，支教期间我们也经常前往映秀镇开展志愿服务。

车一驶入威州镇，“大禹故里、熊猫家园、康养汶川”的标语就映入眼帘，小镇不繁华，却很热闹。威州镇的建筑风格非常具有羌族特色，其中最具特色的要属岷江边的锅庄广场和西羌文化街了。

锅庄广场建于汶川大地震后，有效丰富了当地居民的娱乐文化生活，大力弘扬了藏羌民族的锅庄文化。锅庄广场建成后，每天傍晚都有很多当地的居民来锅庄广场跳锅庄舞。锅庄舞，又称“果卓”“歌庄”“卓”等，藏语意为圆圈歌舞，是藏族三大民间舞蹈之一。锅庄舞是第一批被国务院批准列入国家级非物质文化遗产名录的非物质文化遗产。

当地人民在锅庄广场跳锅庄舞

老年人或带孩子的父母会走过马路来到西羌文化街。西羌文化街，顾名思义，是一条以羌族文化为背景的街道。作为汶川康养步道的一部分，西羌文化街起自汶川县体育馆，全长1.5公里，连接了红军桥、姜维城和环山步道，是当地居民饭后消食、散步的好去处。

红军桥

以羌绣为题材的大型雕塑

街道入口是一扇仿古的寨门，一进门便可以看到一座以羌绣为题材的大型雕塑。

再往里走，俨然一副小丽江的画面跃进眼帘——水车、拱桥、潺潺的小溪、祈福林……这些元素搭配起来，使得整个街道显得格外清新，又不失民族风情。西羌文化街依岷江修建，每走几步就有纳凉的小亭子，亭子中经常有爷爷奶奶们打牌、聊天。夏天傍晚在这里散步吹风别提多惬意了。在结束隔离后、前往汶川中学前我们暂时住在汶川县锅庄广场旁边的一个小旅馆中，每天晚上吃完晚饭便会来这里散步，有时甚至能走到红军桥再折回来。累了，就在凉亭中坐着休息一会儿，看着滔滔不绝的岷江，听着涛声轰鸣，我好几次想起《三国演义》的片头曲："滚滚长江东逝水，浪花淘尽英雄。"

川渝地区素来以生活节奏慢而闻名，汶川人也不例外，他们更懂得生活，将散淡刻在了骨子里。沉默的山和咆哮的水，滋养着热情、懂得生活的汶川人。

纳凉的小亭子

辑二

# 破茧

（2021.8—2022.6）

# 1.工作篇

## 参观四川汶川特大地震漩口中学遗址

8月11日，解除居家隔离之后，我们在共青团汶川县委的安排下来到了位于汶川县映秀镇的漩口中学遗址参观。汶川县青少年活动中心主任李云春带领我们参观了漩口中学遗址及位于遗址周围的家国情怀书院等标志性爱国主义建筑。具体参观线路为：漩口中学遗址—映秀震中纪念馆—家国情怀宣誓广场。

漩口中学原位于汶川县漩口镇，后因修建紫坪铺水库，搬迁至映秀镇。漩口中学在2008年汶川特大地震中损毁严重。为了铭记、保留这段历史，漩口中学的废墟被作为遗址完好地保留了下来，2009年作为“5・12”汶川特大地震周年祭奠仪式会场。

汶川地震发生于2008年5月20日14点28分，那一日天色永远晦暗。我清楚地记得那时我上四年级，我外公订了许多报纸，每天放学后，我就坐在茶几旁捧着一沓一沓的报纸看最新的地震消息，常常看得我眼眶含泪。我第一

漩口中学遗址（一）

次了解到天灾人祸是如此令人绝望，也通过报纸和电视了解到许许多多不屈的、坚韧的灵魂。14年过去，重建后的汶川繁华而平和，但是地震留下来的伤痕不会也不能轻易抹去。

一进大门，映入眼帘的是“5・12”汶川特大地震纪念碑、汉白玉雕塑《汶川时刻》和“5・12”汶川特大地震记事墙。

“5·12”汶川特大地震记事墙

汉白玉雕塑《汶川时刻》

《汶川时刻》永远地将时间定格在了2008年5月20日14点28分，走进这里，时间仿佛都静止了，有风轻轻拂过，风声仿佛诉说着当时的苦难。纪念碑和记事墙正后方是漩口中学遗址，遗址左侧，是漩口中学的教师宿舍和学生宿舍。李云春主任在一旁为我们讲述地震发生的一瞬间，楼层是如何直接陷落的，哪一处位置埋葬着他的同事，哪一位教师怀孕的妻子因避暑来到漩口中学却永远地长眠地下……天空飘着细雨，看着满目的断垣残壁，一行人的心情也随即变得沉重。人们在天灾面前渺小如蝼蚁，震动的大地令一片乐土瞬间化为废墟，唯有亲身经历的人才懂得其中的痛苦与煎熬。14年过去，如今绿藤爬上了废墟，逝者已矣，活下来的人，更要珍惜时间，好好地生活。

漩口中学遗址（二）

漩口中学遗址（三）

走到遗址外面，可以看到远处海拔并不高的山上有座小小的摩天轮——映秀之眼，映秀之眼建于映秀镇的渔子溪村，是映秀的标志性建筑，坐在上面可以俯瞰映秀的全景新貌。据李云春主任介绍，建设摩天轮的发起人是天津的一位企业家邹凌，汶川地震发生时，身为退伍军人的他第一时间组织了公司的党员和退伍军人带着大批物资赶往震中抢险救灾。他们不畏艰险，抢险赶到映秀镇渔子溪村。面对满目疮痍的村庄和村民无助、绝望的眼神，邹凌下定决心要将大家团结起来。于是，他请示映秀镇党委批准成立灾时临时党支部，就这样，一面鲜艳的党旗在映秀镇的废墟上升起来了。后来，在一次救灾途中，邹凌由于劳累过度、悲痛过度，昏倒在渔子溪村，多亏了村民将他抬上山救醒。他因此与这座小村庄结下了不解之缘，并先后将党组织关系与户口转入汶川，成为真正的映秀人，当选为渔子溪村党支部书记、村委会主任。14年来，这位企业家将渔子溪村的村民当成自己的家人，每年春节他都放弃与家人团聚，在渔子溪村与村民共度春节。渔子溪村和映秀在他的带领下，先后建成了“爱心食堂”、矿泉水厂，发展了花卉种植、乡村旅游、电子商务等，成功促进羌绣等当地特色产品进入大众视野。他还在漩口中学遗址旁建设了家国情怀宣誓广场，打造了院落式爱国主义教育培训基地，包括生命健康教育、爱国主义教育、心理健康教育等主题，助力映秀成为全国重要的爱国主义教育基地。天津有闻名的“天津之眼”，为了表达对渔子溪的挂念之情，2020年，邹凌出资在渔子溪村修建了一座“映秀之眼”，与“天津之眼”遥遥相望。

渔子溪村的摩天轮

听完了他的事迹，我看着不远处的摩天轮，心里久久不能平静，一位企业家以他坚毅、无私奉献的品格将个人理想与家国理想紧紧地结合，助力抗震救灾、脱贫攻坚、乡村振兴、民族团结，这是怎样一位值得尊敬、敬仰的共产党员！在利己主义盛行的今天，他才是当之无愧的偶像。同他相比，我们能做的实在是太少、太有限了，但是，涓涓细流与大江大河都会汇入大海，正是无数无私奉献的人们支撑着中华民族战胜一次次苦难，赢得一次次胜利。

随后，我们又跟随着李云春主任参观了映秀震中纪念馆和家国情怀宣誓广场，并在广场上合影留念。

震中纪念馆内部

在家国情怀宣誓广场合影

恩格斯说：“没有哪一次巨大的历史灾难，不是以历史的进步为补偿的。”这次参观，我们再一次回顾了那一段历史，越过14年的风云变幻，穿越灾难，我们看到人类永远无法超脱于自然，只有充分认识自然、敬畏自然、善待自然、适应自然，才能与自然和谐相处并发展自己。如今的汶川处处焕发着新的生机，无处不彰显中华民族的奋斗精神和我国的制度优势。在自然灾害面前，人类显得脆弱渺小，但基于制度优势形成的“再生能力”，中华民族常常迸发出惊人伟力。这种力量，不仅体现在危难前的众志成城、攻坚克难，也体现在危难后的快速恢复、高效运转。

绿草爬上了废墟，曾经的伤口渐渐愈合

## 致敬疫情防控工作者——“夏日送清凉，团团暖人心”志愿活动

8月，学校正值暑假，我们暂时没有去汶川中学报到，主要的任务是在共青团汶川县委的领导下协同当地志愿者团队进行一些志愿服务。

8月16日，为了助力防疫，研支团同共青团汶川县委共同开展了“夏日送清凉，团团暖人心”志愿活动。我们购买了矿泉水、西瓜、藿香正气水、风油精、口罩等物资，送往汶川县疾控中心、县医院、疫情防控部、各街道和高速路口。为避免影响防疫工作，我们事先联系工作人员，做好防疫措施之后再送去物资。

“夏日送清凉 · 团团暖人心”志愿活动

疫情防控是烦琐且需要时刻提高警惕的工作，上至统筹部门，下至医院、街道，工作人员在紧张的氛围中坚守岗位，他们尽职尽责构成了一道坚实又值得信赖的防线。尤其是高速路口的工作人员，耐着高温查验健康码、核酸证明，一站就是一天，能够为他们

送上矿泉水、口罩、藿香正气水等物资，是我们能为本地疫情防控做的一点微薄的贡献。

王瓅珠和汤文萍为街道工作者送上防疫物资

我为环卫工人送上防疫物资

除了我们研支团的3位成员，吕虹林同志也在志愿者团队中负责统筹志愿者工作，虹林在共青团汶川县委服务两年，组织并帮助举办了大大小小的志愿活动，在汶川的一年中，我们参加的几乎所有的共青团汶川县委举办的志愿活动都有她的身影。阿坝州的大学生志愿者们也加入了此次志愿活动。我本来以为这是他们学校的暑期志愿活动，后来才知道他们是自愿、主动加入的。目前四川省注册青年志愿者超200万人，广大青年志愿者一直活跃在志愿服务的前线。

为高速路口的工作人员送上防疫物资

除了志愿活动，我们还参加了公文写作等培训，培训时我们认识了更多志愿者伙伴，他们有的是“大学生志愿服务西部计划”志愿者，有的是作为选调生来到这里，很多人在这里服务了两年以上，当然也有一些人打算长久留在这里。

## 初进校园

之前为了方便志愿活动，我们住在共青团汶川县委周围，8月20日左右，我们接到学校通知，24日教务科的老师会开车带我们进校园提前安置行李、准备开学事宜等，这意味着一年的支教生活即将开启。

我们服务的学校全称“四川省汶川中学”，学校位于威州镇雁门乡，原来是威州中学，初建于1964年，是四川省首批扩大办好的重点中学。汶川地震后，威州中学、桑坪中学、七盘沟中学三校合并成如今的汶川中学。中学有6个年级，分为初中部和高中部。据当地人介绍，汶川中学教学水平高、设施先进，且由于地理位置的优势（位于阿坝州的南大门，邻近理县、茂县、都江堰），这里的教学质量在阿坝藏族羌族自治州属于前列。

车辆从汶川县城顺着岷江行驶，依次经过锅庄广场、西羌文化街、红军桥，驶入雁门。汶川中学紧邻岷江，周边还有雁门小学、幼儿园、特殊教育学校，我们隔离时的党校也在学校的北侧。整个校园少数民族文化氛围浓厚，气氛一片祥和、宁静。从县城到学校，开车需要十几分钟，走路却要一个多小时，在汶川我们有时需要去县上买菜，校门口常有搭便车的私家车，3元每人次，后来这也成为我们最常坐的交通工具。中学后勤部的张主任同维修部的王

汶川中学校门

老师非常热情地为我们安排了房间并准备了生活必需品，耐心地嘱咐我们有困难及时和他们沟通。教师公寓位于学校西侧，公寓为三人间，除了寝室外，还配备了洗漱间、厨房、阳台、客厅等。公寓位于一层，门外有一株葱葱郁郁的枇杷树，等到2022年夏天，黄澄澄的枇杷果酸酸甜甜的，我们边摘边吃，连午饭都免了。

我们每人选择了一个房间，安置行李、打扫完过后已经傍晚了，我们结伴参观了校园。

从公寓出门两次右拐，可以看到左右两侧各有一座池塘，左侧的池塘种满了荷花，右侧的池塘以活水养了许多鱼。

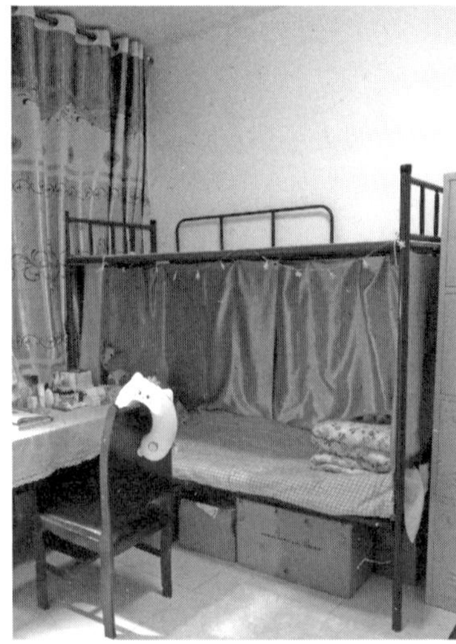

布置后的房间

公寓外一景

听这里的老师说，右侧水池中有一尾长一米多的大鱼，后来我下班时常常在水池旁守着，想看看那条一米多长的大鱼，心中悄悄地想：如果今天那条大鱼出现，那我近期一定有好事发生，虽然有一些迷信的成分，却也能聊以自娱。

再往前穿过操场，就到了初中部的教学区，穿过教学区便来到了思源广场和学校正门，广场到学校正门中间也有一个池塘，里边养着锦鲤和荷花，池塘两侧道路上的石板题写着“厚德如山强藏区之本；灵动如水聚民族之魂”。汶川中学汇聚了周围县镇的藏、羌等少数民族学生，是当之无愧的民族中学。往回走，学校的西侧紧

池塘里养着锦鲤和睡莲

人行步道

挨岷江，人行步道右下方就是滔滔不绝的岷江，晚上偶尔有老师沿着这条路散步。

步道上修筑了一座座凉亭，凉亭的匾额有“动漫社”“书法社”“文学社”……原来是社团的活动地。凉亭文雅而古朴，与这些新兴、潮流的社团匾额结合起来却一点都不违和，从人行步道下台

动漫社的活动亭

说唱社的同学们在进行社团活动

阶，可以看见台阶、墙上都画着墙画，涉及爱国主题、防艾主题、保护环境主题、动漫主题等，足见汶川中学学生的课余活动多姿多彩。

抬头看看天空，远处山脉连绵，一轮新月高高悬挂，顿时生出"此乡是吾乡"之感。

山脉连绵，新月高悬

## 走进医务室

8月19日，学校在大会堂召开了开学动员会，龙绍明校长先布置了新学期的相关工作任务，提出了新学期的展望，再向学校教职工介绍了新加入汶川中学的研支团成员，并在大会上公布了我们暂时的工作岗位。考虑到我们的专业和学校的医务资源紧缺的现状，学校将毕业于临床药学专业的我和毕业于护理专业的汤文萍暂时安排在医务室协助相关工作，将毕业于医政专业的王瓅珠安排在校办公室协助相关工作。出于一些特殊原因，学校没有立刻给我们安排授课工作，直到10月我们才走上讲台。学校新招聘的教师也在大会上亮相，这是我第一次见到张彤老师，她教授初一（8）班，那时我还不知道未来我们将一起教同一个班。

刚一散会，我就见一个洋溢着笑容、穿着红色衣服的姐姐朝我们招手，让我们跟着她一起走，她便是医务室的罗姐。在前往医务室的路上，罗姐和医务室的另一个姐姐杨姐掩饰不住地开心，她们说医务室真的太缺人了，我们来真是帮了大忙了。我们听了很不好意思，又被她们的热情感染。大家一边向医务室走去，一边互相做了自我介绍。

汶川中学医务室

罗姐名叫罗燕，高高的个子，鹅蛋脸，大眼睛，是一位藏族姐姐。罗姐能歌善舞，性格大方豪爽，周身散发着幸福的气息，那时我们还不知道罗姐已经怀孕了。杨姐名叫杨建美，她是羌族人，个子不高，皮肤尤其好，白里透红，眼睛比罗姐的还大还亮，第一次见面时，杨姐还有些拘谨，在后来的接触中，我发现杨姐性格爽快，有主见、有智慧，很能照顾后辈。在阿坝州一年，我发现草原上的女孩子没有一个是扭捏的，每一个都独具魅力，我特别喜欢她们。那天，我们没有见到严老师，严老师是一位老教师，因为身体原因退居医务室负责财务工作。私下里，我们都觉得严老师是一个很可爱的小老头，外貌特别像动漫人物，《成龙历险记》中的老爹形象简直就是照着他画的。

杨姐的眼睛又大又亮

医务室位于思源广场南侧、初中部东侧，整个医务室明亮、干净，7个药柜排成一排，药柜后隔出学生病床，此外还有一座放药的圆转盘。

临近开学，又正值疫情期间，医务室的工作繁重而紧张。开完动员大会的下一个工作日我们就走上了工作岗位，接到的第一个任务是担任初一新生军训的随队校医。医护点设置在操场旁的游泳馆中。很多初一年级的同学因为早上起不来，又怕迟到，经常不吃早饭就来军训，加上时值盛暑，汶川的日照强，太阳一晒，低血糖、中暑……一下子撂倒了好多人，小小的游泳馆成了“避难所”。我

医务室有7个药柜拍成一排，药柜后隔出学生病床，此外还有一座放药的圆转盘

妹妹也上初一，和他们一样的年纪，他们一张张难受得揪起来的小脸让我想起了我的妹妹，又心疼又气他们小小年纪不知道爱惜身体。在学校学了很多理论知识，到实践的时候还真是有点拿不准，我和汤文萍跟着两位姐姐，为低血糖的小朋友补充葡萄糖，为中暑的小朋友涂抹清凉油、递上藿香正气水。我们的第一个工作日，就在慌慌张张中结束了。

结束了一天的工作，晚上吃完饭就着点点星光绕着操场散步的时候，突然看见旁边的小灌木丛中跃出一只小白兔，不知是家养的还是野生的，若是野生的，也太白、太可爱了吧，学校的自然资源真丰富啊。

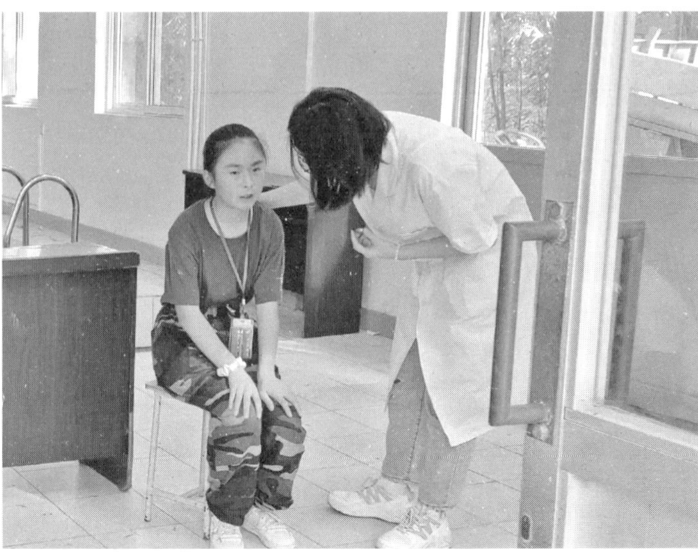

汤文萍为中暑学生涂抹清凉油

## 工作日常

一转眼就到了8月末，远在南京、杭州、武汉的朋友们还穿着短袖，每日忍受着高温，我在汶川已经需要穿长袖了，有的老师怕冷甚至套上了外套。某天一推门，我竟闻到一阵扑鼻的丹桂香，一呼吸，唇齿之间都是甜丝丝的，顿觉岁月悠长——今年不是由一叶知秋，是从花香知秋的。

9月1日正式开学，早上，我们在操场召开了本学期的年级大会。记得我小时候，9月1日这一天老师们都会要求我们回去观看央视的《开学第一课》，看完写800字的读后感。如今作为支教老师，我第一次站在操场的台子上面对同学们。我永远也不会忘记当龙校长向同学们介绍我们时，台下同学们发出的欢呼声与掌声。教书育人，一辈子桃李芬芳，可真好。不知当初为我传道授业解惑的老师们现在都怎么样了，有一天我也成了他们。

年级大会过后，我和汤文萍便被借调到教务处帮忙，因为当时高三毕业生回校拿档案，教务处人手不足。后来医务室的工作也因为疫情防控等逐渐繁忙起来，便只留我一人在教务处帮忙。等到9月10日左右，全校组织接种新冠疫苗，我便从教务处回到医务室辅助大家开展相关工作。

9月到11月，医务室一直忙碌着。9月中旬回到医务室后，我们调查了新冠疫苗接种情况并联合威州镇卫生院为全校未接种的同学、老师接种。由于新学期有传染病暴发的风险，我们需要筛查核对全校学生麻风、甲肝、水痘等疫苗的接种登记情况，并电话联系未接种学生所在班级的班主任，请班主任通知学生尽快接种。

10月，我们在县医院的支援下对全校师生进行了乙型肝炎和结

在教务处帮忙

协助县医院为全校师生接种新冠疫苗

核筛查。

在政府的支援、县医院和镇卫生院的引导下，我们帮助汶川中

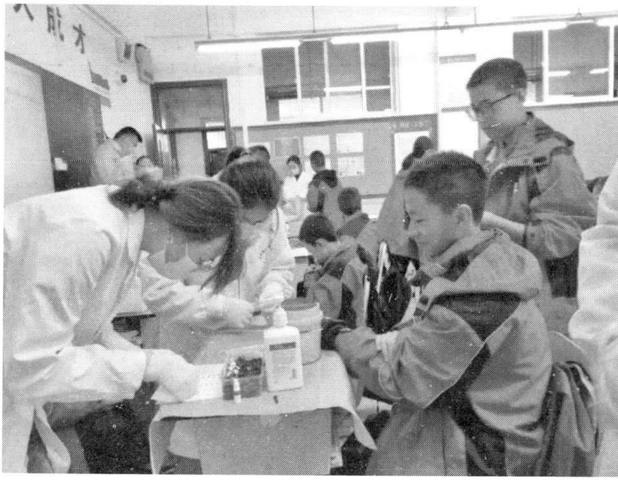

为学生进行结核筛查

学 9—14 岁的适龄女孩免费接种国产 HPV 二价疫苗。

我们还协同体育部老师陆陆续续为全校学生进行视力检查。

医务室的日常工作包括拿药、处理伤口等。为了缓解两位姐姐的负担，在支援工作之余，我还肩负起取药、给学生换药的任务。杨姐开好处方，我对着处方去药架上找出需要的药品并再次核对处

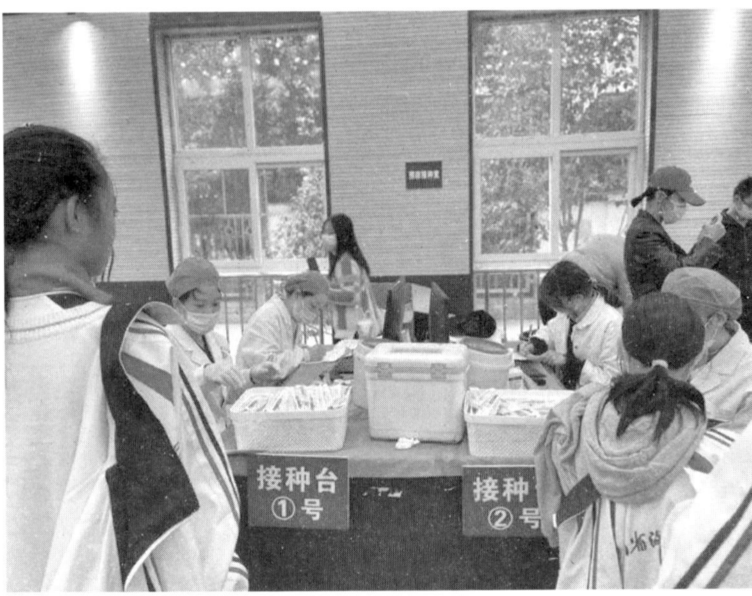


为学生接种疫苗

方。虽然我在常州二院实习的时候也做过类似的工作，但是熟悉医务室的药品分类还是花了我很长时间。处理伤口对我来说更是一个难题，初中学生是最调皮的，有一次一个班两个学生打架，其中一个磕到了桌角，磕得皮下血肿，另一个被抓得满脸是伤。我在帮他们处理伤口的时候就想，他们的家长该多么心疼啊！留疤了怎么办？留下后遗症怎么办？真是又心疼又生气。包扎伤口时，我不敢下重手，包得不牢固，还是杨姐来帮忙固定好的——我还需要勤加练习！

9月23日，远在南京医科大学的药学院新生迎来了开学典礼，

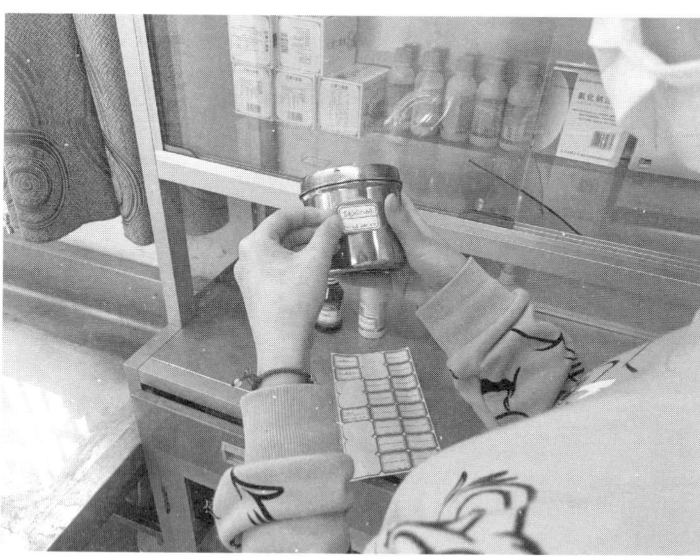

更换消毒用具并贴标签

辅导员赵昆磊老师联系我作为新生代表参加药学院新生迎新宣讲会，并做10分钟左右的分享，同大家分享我在汶川的生活。宣讲会上，我通过视频见到了许久未见的老同学，此时他们有的已经开始了硕士研究生的生活。尽管相距千里，尽管我们过着不一样的生活，但是我依然能感受到他们对我的关心。事实上，在汶川的一年，许许多多的朋友都对我进行过精神、物质上的鼓励，正是有他们，我才能更加安心地在汶川支教。

线上参加药学院新生迎新宣讲会

24届研究生支教团报名工作开始了。一天，冯书记联系我说，我们学院也有一位学妹报名研支团了。下班后，我与那位学妹视频，同她交流了研究生支教团的选拔流程以及注意事项，为她答疑解惑。我衷心地希望学妹可以代表药学院在一年后接过我的接力棒，继续志愿服务，也希望自己在这一年里能有所收获。

## 跨越“雁门关”

9月25日，学校举行秋游活动，内容是带领师生去雁门关徒步，为了应对徒步过程中师生发生意外情况，医务室需要派出校医随队徒步，我和汤文萍以及王瓅珠都参加了这次徒步。

在此之前我们只在书本上听说过雁门关，李贺的《雁门太守行》响彻古今：“黑云压城城欲摧，甲光向日金鳞开，角声满天秋色里，塞上燕脂凝夜紫……”李贺诗中的雁门位于山西省，历来是兵家军行险要、必夺之地，被称为“中华第一关”。而我们徒步前往的此雁门非彼雁门——位于四川省汶川县威州镇。雁门关凭恃岷江，距威州镇 4 千米，是威茂要道上的重要关隘，从三国时期开始就是一夫当关，万夫莫开的著名关卡，被称为“西陲锁钥”。

随队徒步中

长征期间，红四方面军攻占茂县后，当即顺岷江而下挺进威州，以迅雷不及掩耳之势突破了敌人在雁门关的防御阵地，迫使敌人退守维顶山。雁门关战役也成了红军进入汶川打的首场胜仗，与红一方面军“强渡大渡河，飞夺泸定桥”遥相呼应，为西渡岷江“突破雁门关，抢夺威州桥”、两军会师创造了条件。现今宽阔的国道从汶川雁门关山下的岷江岸边经过，昔日激烈的战斗痕迹已然散去，人们再也无法感受昔日雁门关之险。雁门关见证了红军将士浴血奋战、不畏牺牲的壮举，将永远存留在我们心中。

少年不知愁滋味，同学们精力旺盛，仿佛不知道累，一路上举着国旗、唱着歌，唱完山歌唱国歌，还有班级带着音响领唱。一支长长的队伍看不见首尾，蜿蜒经过国道、山道，河流、峡谷，路过许多羌族民居。

羌族民居极具特色，房屋外都施以彩绘，其中羚羊角最多。回去后，出于好奇我查了相关资料，了解到羌族是亚洲最早创造牧业文化和进入农业生产的民族，自古奉行“羊崇拜”，而“羌”字便是由“羊”和“人”组成的。《说文解字》对“羌”的解释便是：“羌，西戎牧羊人也。”这便有助于我们理解为何羊元素在汶川如此多见。

一路上岷江汹涌澎湃，江水拍到岸边打出的泡沫洁白如雪，真有“惊涛拍岸，卷起千堆雪”之感。远处高山延绵，云朵贴着山顶浮动幻化成各种形状，看得我目不暇接。峡谷中间的通道尤为逼仄，使人联想到当初红军长征是何等悲壮、艰险。站到岩石高处看，一面面红旗迎风招展，同学们的歌声响彻峡谷，真叫人激动。

穿过峡谷，左侧跃入一大片凹陷的空地，已经有班级下到凹处掬水嬉戏或是举着旗帜合影留念了。看着无忧无虑的同学和老师

和师生一起走过峡谷

们，我想，这次经历对于任何一个人来说都是终身难忘的回忆吧！

短暂休息之后，我们踏上了回程。太阳晒得人睁不开眼，同学们丝毫没有被疲惫或是炎热打败，依旧伴着高昂的歌声昂首向前。这次秋游组织井然有序，加上准备充足，没有任何一位老师或者同学发生意外情况，我们的任务也圆满完成了。

原本以为这天下午回去之后可以好好休整一下，没想到刚回去就接到学校通知：高三（7）班聚集性发热。我们急忙戴上口罩、带上体温计等来到高三（7）班为师生测量体温，并通知发热的同学前往县医院隔离观察。

所幸防控措施得当，发热没有进一步扩散，否则很有可能影响高三学生备战高考。

途经的凹陷空地

班级围聚在一起拍照

我和汤文萍为同学们测量体温

## 成为老师的第一堂课

9月29日，教务处通知我们，我们的课程安排下来了。在原工作安排不变的情况下，我、王瓅珠和汤文萍三人负责初一年级生命·生态·安全课的授课工作。我负责初一（5）班、（6）班和（8）班。

生命·生态·安全课是四川省的一门义务教育课程，充分地融合了四川省当地的地方特点，以生命、生态、安全为主线，有机整合了生命教育、生态文明教育、安全教育、森林草原防火教育、健康教育（生理健康/心理健康）、国防教育等专题教育，结合当地社会生活中的重大事件、当地特有的自然现象、风俗习惯等开展教学活动。本课程主要教学目的是帮助同学们建立生命与自我、自然、社会的联系，培养同学们积极的人生态度，建立正确的人生观、价值观；帮助青春期的同学们了解青春期的生理、心理变化，安全健康地度过青春期。

我的教学工作是从写教案和做教学PPT开始的。尽管在志愿者培训时学习过教案撰写等相关内容，第一次实战却还是不一样。我绞尽脑汁地去想怎么让教学内容更加生动、更加丰富？怎么样利用40分钟的时间让同学们收获更多？如果同学们太调皮，课堂秩序不好怎么办？如果我达不到同学们的预期怎么办？……在期待与不安中，10月8日，我第一次以教师的身份走进了初一（8班），走上了讲台。

没想到，当我踏进教室那一刻，教室就响起了雷鸣般的掌声，同学们充满欣喜的眼神，令我感觉心快跳出来了——这就是一群渴望知识的孩子呀！这节课的内容是“珍爱生命，守护生命”。同学们积极地反馈、对课程内容百分之百地好奇与尊重、恰到好处地调皮，课堂秩序井然，这完全符合我对这堂课的预期。虽然另外两个

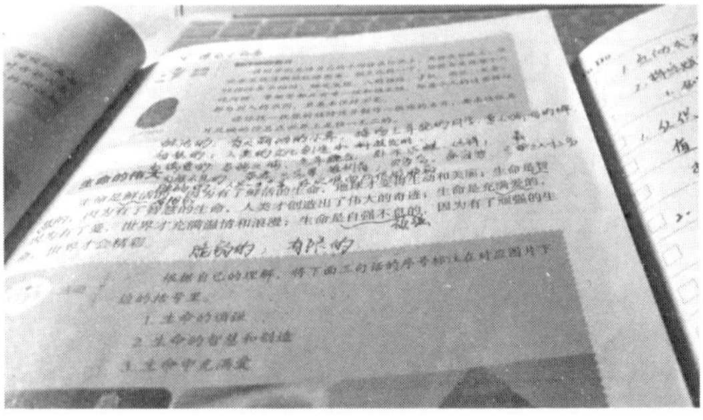

备课

我的第一次授课

班也各有其优点与特色，我也喜欢每一个学生，但我还是要感谢初一（8）班的孩子们，是他们给我吃了一颗定心丸，为我的授课开了一个好头，令我不再惴惴不安，更有勇气和自信继续授课。

开展预防近视知识讲座

同学们做的手抄报

课后，我对课堂效果进行了反思、总结，进一步修改教学内容，仅仅一堂课，我就深深地热爱上了教师这个职业，遇到这群孩子对我来说真的是太幸运了。

除了教授课本内容外，我们还根据流行性传染病的流行时间，为同学们讲解常见传染病、青少年健康知识等，帮助同学们构建健康意识、形成良好的生活习惯。

## 春风有信，花开有期

2022年2月，刚开学，还是春寒料峭的时候，为了给同学们带来春天的希望与欣喜，我们研支团联合汶川中学组织开展了一场圆梦明信片的连线结对活动。活动内容是三位研支团成员通过在各自负责的班级分发明信片并组织学生们填写，收集同学们心中的小小愿望和他们想对南京医科大学的哥哥姐姐们说的话，然后将这些明信片寄回南京医科大学，由南京医科大学的大学生们认领写着心愿的明信片，最终助力汶川中学的学生们实现心愿。

经过30多天的筹备，我们最终筛选出了150多个学生的心愿，这150多份心愿中，有的希望认识南医的哥哥姐姐们，同学们好奇大山之外世界的模样，想听哥哥姐姐们谈谈大学的生活；有的希望哥哥姐姐们可以辅导他们的薄弱学科，为考取高中做好准备；有的希望得到自己一直想看的一本书；有的希望获得一块好用的乒乓球拍……这些心愿或大或小，字迹稚嫩却处处透着淳朴与天真。

3月8日左右，这些寄托着同学们小小心愿的明信片跨越1800多公里飞到了南京医科大学，我们在汶川和同学们一起翘首盼望来自南京的回音。中途，南京医科大学的老师和同学们发来了南京的活动现场的视频：树人广场上，活动板上写满了大学生们的寄语，而贴在上面的明信片10分钟就被同学们认领完了。很多汶川中学的同学们在写下心愿的时候没有想到自己的心愿真的可以被倾听，真的能实现。然而仅仅第一个周末，就有同学收到了来自南京医科大学大学生的结对消息。之后的每周，陆陆续续地，一封封信与一件件快递从远方飞来。他们每周都期盼着有一件属于自己的快递，或一封给自己的回信飞到校园，每节课前，都有同学跑到医务室，以为我拿教具为由，“刺探”有没有自己的快递。期盼、感恩、奋进的情绪开始洋溢在每一堂课中，而借由这次活动，他们对南京医科

从南京寄来的给孩子们的心愿礼物

第一批心愿礼物寄到初一（8）班

分发心愿礼物

同学们收到零食和学习资料

大学的认识与情感也逐渐变深，甚至有同学不止一次下课之后跑到医务室对我说：“张老师，我以后一定要考取南京医科大学。”每到这时，医务室的杨姐便会替我答：“那你可要好好学习哦，南京医科大学可不好考取嘞，要从现在就开始好好学习。”

一批又一批来自南京医科大学的心愿礼物飞到汶川，孩子们每天都充满了期盼。

有一个同学的心愿是想要一条说唱歌手戴的项链，我感到很惊奇，便请他上台讲一讲他为什么想要这个心愿礼物。他告诉我们：

一个同学在讲台阐述心愿

“我从2019年就喜欢上了rap，也有很多喜欢的歌手，以后想成为他们那样酷的人。”

我想，支教的另一个重要的意义是播种，在儿童走向少年的人生阶段里，为他们埋下一颗梦想的种子，帮助他们将眼光延伸向山外更高、更远、更广阔的世界，助力他们不断攀登、勇往直前，为他们指引前行的方向。

课间，同学们兴高采烈地拆礼物

（部分内容转载自青年南医公众号）

## 清明祭扫，缅怀烈士

2022年3月末尾，远在南京的朋友给我寄来了带花苞的栀子花，小小的一盆，却郁郁葱葱，枝芽十分茂密，小小的花盆都快支撑不住了。天气总是阴沉沉的，天气预报显示每日都有雨，却只见阴天，可能十里不同天，雨都落在别处了。4月，汶川县城的上空很是阴沉，低气压引发的湿润空气令花草显得越发郁郁葱葱。

4月2日，在共青团汶川县委的号召下，我们同共青团汶川县委工作人员、其他在汶川县服务的志愿者一同前往汶川县安子坪烈士陵园参加清明祭扫、奠祭英烈活动。

安子坪烈士陵园位于小山上，我们乘坐的汽车七弯八拐地开了好一会才到。这里丰碑巍峨，翠柏凝春。除了汶川团委的工作者及志愿者们，汶川县委常委、副县长李霞，漩口镇干部代表，县森林消防大队、县武警中队代表，烈士家属及漩口小学学生代表也参加了奠祭英烈活动。祭奠仪式开始前，我们先拿起预先准备好的清洁工具清理烈士墓碑。这些人民英雄用自己的生命守护百姓，受他们的奉献精神的感召，我们擦拭得更加认真，希望烈士的英魂能在此处长久地安歇。清理结束后，我们在巍峨庄严的烈士纪念碑前列队——仪式开始了。礼兵护送着花篮正步向前，将花篮庄重摆放在烈士纪念碑前。全体人员向烈士纪念碑三鞠躬，依次向前瞻仰烈士纪念碑并敬献鲜花，追思英烈的丰功伟绩。而后，各部门代表分别向各位烈士敬献鲜花，祭奠仪式在安静肃穆的氛围中井然有序地进行。

为什么我们要祭奠烈士，我想是因为忘记过去就等于背叛——

清明祭扫

为烈士献花

先烈们把生命献给了他们热爱的祖国和人民，只留下一个个平凡而又崇高的名字，一行行简短的文字。一座座革命丰碑就是一部部凝固的中国革命史，记录了先烈舍生忘死、英勇奋斗的伟大事迹，更是一面面革命旗帜，激励无数后人为崇高理想而奋斗。我们祭奠烈士，是为了告慰他们，我们将继续弘扬他们的奋斗精神，在党中央的带领下努力工作，砥砺前行。

## 与光同行，医路相伴

来到汶川中学之后，我们发现学校虽然有医务室，却缺乏相配套的急救设施，为了助力汶川中学的安全急救设施建设，做学生们的“健康守护者”，南京医科大学校团委的老师们在了解相关情况后，立即购置了爱心物资寄送到汶川中学。

终于，春季开学初，在和煦的春风中，汶川中学初一的学生们收到了一份来自1800公里之外的南京医科大学的特殊礼物，这份礼物里有心肺复苏的练习假人，有除颤仪，还有包含急救知识的小册子，等等。

为了物尽其用，帮助同学们掌握最基本的急救知识，我们三位研支团成员遵循着“健康所系，性命相托”的医学誓言，重拾医学生角色，复习巩固在大学里学到的心肺复苏、包扎等急救知识，充分地将医学生与老师的身份相结合，运用应急救护模拟假人、急救包和急救知识图谱等医学急救物资，结合校红十字会制作的急救宣讲视频，开展急救知识普及活动。

第一次进行应急救护培训，同学们表现得十分兴奋。

我们演示一遍后，便有学生跃跃欲试，想要自己动手操作

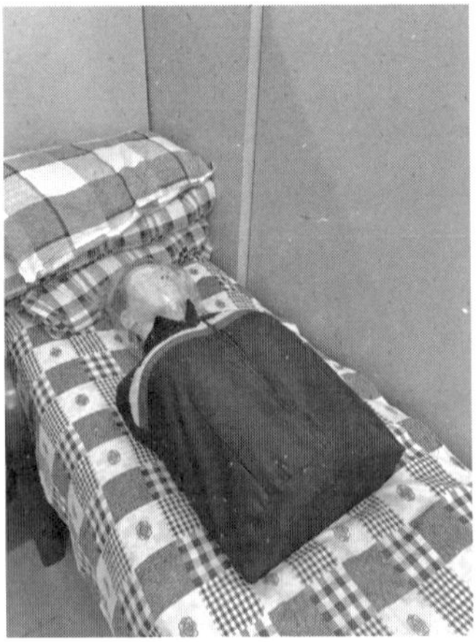

南京医科大学寄来的练习假人

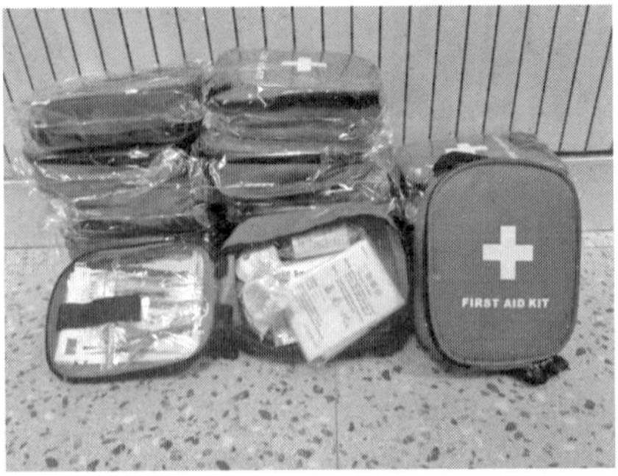


南京医科大学寄来的急救包

南京医科大学寄来的急救知识手册

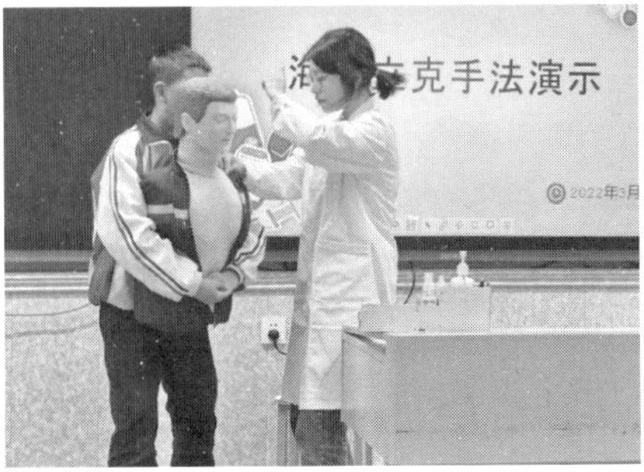


汤文萍演示海姆立克急救法

实践。渐渐地，他们逐渐掌握了8字包扎、心肺复苏等急救操作手法，同时也学习了烫伤急救、海姆立克急救法以及遭遇突发自然灾害时自我救助的知识。课后他们的热情也不曾消减，时常翻阅存放在班级书架上的急救知识图谱，遇到不懂的还常常跑到医务室向我们请教。

这可能是初一年级的学生们第一次了解医学救助知识。他们说，在进行急救操作时，自己就仿佛成了一名救死扶伤的医生。通过这次培训，他们意识到，掌握急救知识技能不仅是对自己生命的一种保护，更是对他人生命的关爱与尊重。他们会积极地向自己的家人、朋友宣传普及急救知识。

遭遇突发事件时，在专业的救援力量赶到前，能否运用所学的急救知识，提供妥善的应急救助至关重要。向中学生普及急救知识，让每个人做自身健康的第一责任人，也能在关键的时候帮助他人。

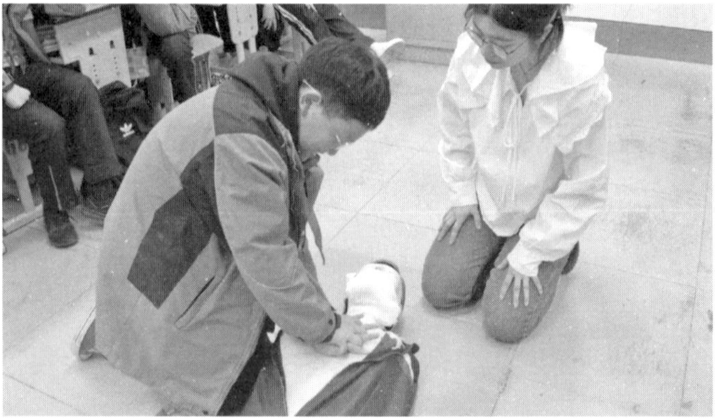

同学们在练习心肺复苏

急救知识培训课后，同学们开心地围着假人拍照

（部分内容转载自青年南医公众号）

## 第23、24届研支团南京、汶川两地线上交流会

2022年4月19日，第23、24届研支团在南京医科大学校团委、共青团汶川县委和汶川中学的组织下召开了交流会。由于地域、疫情原因，本次交流会于线上举行，交流会的主要目的是促进第23、24届研支团工作的开展。交流会由南京医科大学校团委书记盛彤彤主持，南京医科大学校党委常委、副校长徐珊，校党委常委、宣传部统战部部长沈瑞林，党委学工部等相关部门负责人，以及共青团汶川县委、汶川中学领导、第23及第24届全体研支团成员等参加了交流会。

交流会上，我们首先分别向大家汇报了我们在汶川将近一年的工作、学习、生活和志愿服务情况，为了准备这次汇报，我们还专门拍摄了短视频，希望以视频、PPT等多种形式呈现我们的支教生

第23、24届研支团南京、汶川两地线上交流会（一）

活。我们也借此机会回顾了这一年支教期间的收获与感悟。

而后，第24届研支团也介绍了他们新一届研支团自组建以来的团队建设情况、线上学习成果，并表示将继续努力，为未来的支教服务工作夯实基础。从他们的汇报中可以看到他们丰富多彩的实习经历和认真负责的工作态度，相信不久之后他们便可以自信地走向支教岗位，接过我们手中的接力棒。

共青团汶川县委书记黄伟和汶川中学校长龙绍明先后讲话，对研支团的工作成绩表示了肯定，也向南京医科大学长期以来为汶川教育发展提供的无私帮助表示感谢，感谢研支团同学为汶川的教育发展注入新的生机和活力。

最后南京医科大学校党委常委、副校长徐珊做了总结发言，她向共青团汶川县委、汶川中学对我校研支团工作的支持和帮助表示感谢，并向在支教岗位无私奉献的支教团成员们表示了慰问。徐珊副校长高度肯定了研支团成员近一年的支教成果，并结合团中央对

第23、24届研支团南京、汶川两地线上交流会（二）

研究生支教团工作的要求向研支团全体成员提出希望，希望研支团成员用青春和汗水传递“奉献、友爱、互助、进步”的志愿者精神，服务民族地区教育事业，展现南医学子的青春风采。

（部分内容转载自青年南医公众号）

## 生生不息，熠熠未来

2022年6月，一年的支教即将结束，归期将至，我们都有些不舍。该用什么方式留下我们的足迹呢？我们想到了植树。十年树木，百年树人，培育人才要像培育树木一样细心地浇灌。经过一番考虑后，我们选择种植榉树。

种植榉树

榉树集观赏价值、经济价值为一体，它树形优美，树冠蓬大，叶色随季节变化而丰富多彩，极具观赏价值，且历来有“无榉不成具”“前榉后朴”的说法；可以制作家具，也可以作为栋梁，是江苏、云贵川地区常见的种植树木。

此外，关于榉树还流传着一个故事：相传以前，天门山有一户秀才人家，秀才屡试不第，他的妻子恐其沉沦，便与其约定，在家门口石头上种榉树，有志者事竟成。果不其然，榉树竟和石头长在了一起，而秀才最终也中举归来。“硬石种榉”与“应试中举”谐音，在学校种植一棵榉树，也代表了我们对汶川中学的同学们深深的祈愿与祝福。

压上石头，寓意“应试中举”

带着这样美好的寓意，在6月的阳光下，我们第23届研支团的三位成员在校园的西北角种下了榉树苗，树苗种下后，我们在四面压了好几块大石头，取“应试中举”的美好寓意。我们想通过这样的方式留下绿色足迹，在汶川中学种下南医大的“守护林”，通过届届传承的方式接力守护孩子们的成长，同时助力汶川建设。

一棵树苗、一铲泥土、一捧清水，埋下的是树苗，长出的是希望，虽然我们走了，但是我们种下的榉树会带着我们的美好祝愿替我们守护孩子们。

（部分内容转载自青年南医公众号）

## 南京医科大学劳动教育实践基地挂牌

自我前往汶川支教以来，药学院各级领导、我的导师以及辅导员都对我的支教工作给予了极大的支持，为了加强药学院与汶川的联系，开展更深层次的交流，药学院打算在汶川挂牌南京医科大学劳动教育实践基地，以便开展长期的合作交流。

自从2021年刚来到汶川，参观了漩口中学遗址、家国情怀宣誓广场等映秀镇的爱国实践教育基地之后，我始终对这里念念不忘，支教期间也经常来这里开展志愿服务。汶川青少年活动中心就位于映秀镇漩口中学遗址、家国情怀宣誓广场旁边。2008年汶川特大地震后，为服务地震灾区、助力少数民族地区青少年健康成长、加强青少年交流学习，共青团中央划拨特殊团费1272万元，在这里援建汶川青少年活动中心。经过十几年的发展壮大，这里已经成为全国重要的爱国主义教育、心理援助、红色教育和社会实践教育基地，并被纳入四川省大学生和中小学生安全救护实训、实践基地，充分发挥了实践育人的功能。

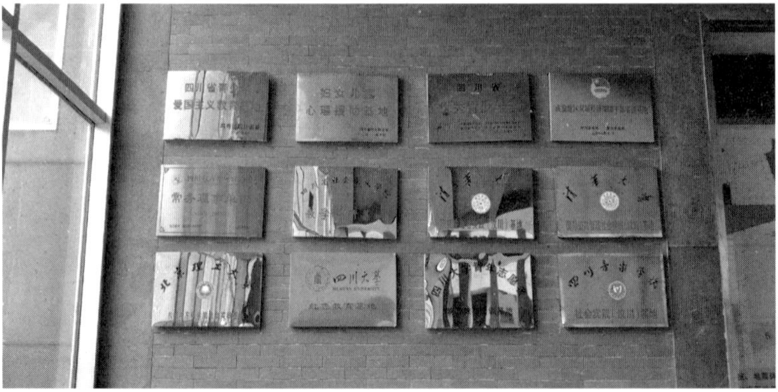


汶川青少年活动中心一角

与汶川青少年活动中心主任李云春充分交流后，我向药学院提出建议，希望学院可以选择这里挂牌南京医科大学劳动教育实践基地，因为在这里实践、服务的机会更多。学院领导经过充分讨论后采纳了我的意见。于是，在我结束支教之前，我的最后一项工作便是促进南京医科大学劳动教育实践基地在汶川青少年活动中心挂牌。

在紧锣密鼓的安排下，2022年6月23日下午，南京医科大学药学院与四川省汶川县政府共建南京医科大学劳动教育实践基地挂牌仪式在汶川青少年活动中心顺利举行。受疫情影响，仪式采取线上线下相结合的方式进行。

汶川县委常委、副县长李霞，共青团汶川县委书记黄伟、副书

“南京医科大学劳动教育实践基地”挂牌仪式现场

受疫情影响，挂牌仪式采取线上线下相结合的方式

记蒋玲，汶川青少年活动中心主任李云春，南京医科大学药学院党委书记马俊、副书记冯江、副院长李歆，以及学工办的高毓宽、杨秋普老师和我参加了挂牌仪式。

仪式上，马俊书记对汶川县政府在我支教期间给予的帮助表示感谢，并希望借助这次挂牌，与汶川县政府开展更深层次的交流合作，同时对未来的劳动教育实践工作提出了具体要求。汶川县委常委、副县长李霞对南京医科大学在2008年汶川大地震中提供的医疗帮扶和灾后援建表示衷心的感谢，表示将与我校一起充分挖掘劳动教育实践基地的功能，充分发挥劳动育人在立德树人中的重要作用。此后，李霞副县长与我共同为南京医科大学劳动教育实践基地揭牌。

挂牌仪式结束后，汶川青少年活动中心主任李云春带领大家线上参观了汶川青少年活动中心。

作为药学院的一员和一名小小的志愿者，我为推进药学院与汶川县政府的交流合作感到非常荣幸。未来我希望还有机会回到汶川，再为发展汶川、建设汶川贡献我的一分力量。

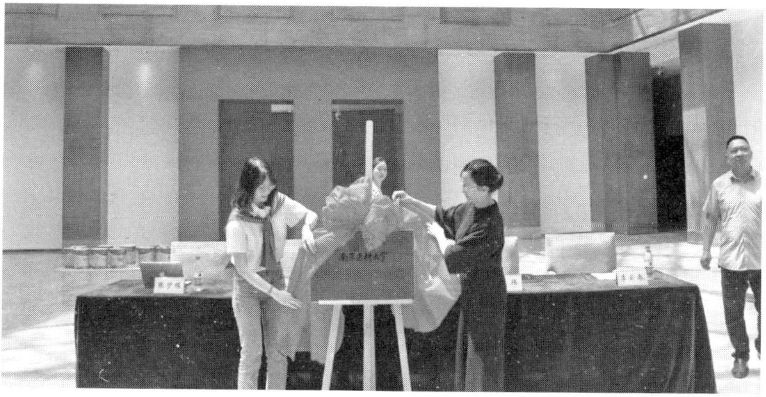

“南京医科大学劳动教育实践基地”揭牌

仪式结束后留影

（部分内容转载自南京医科大学药学院官网）

## 2. 节日篇

### 第一个教师节

刚走上志愿服务岗位不久，我们就迎来了一年一度的教师节。当时刚开学，我们忙于协助雁门乡卫生院为学校师生接种新冠疫苗，居然都没有注意到这个对于学校师生来说很重要的节日。直到 9 月 9 日晚上，在完成大部分师生的疫苗接种工作后，我们吃完晚饭回宿舍的路上，路过思源广场时一抬头便看见了广场的显示屏上滚动播出的“祝全体教师教师节快乐”的语句，那会才突然意识到第二天是教师节。

学校到处洋溢着欢快的气氛，学生们攥着贺卡匆匆跑过，像是要去献给恩师。在完成剩余年级师生的新冠疫苗接种工作后，杨姐告诉我们晚上学校在食堂组织了教师节晚会，到时可以一起去参加。

吃完晚饭后，晚会就开始了。这场晚会完全由老师们自行准备节目，每个年级组的老师们都拿出了他们的看家本领。有的年级组的老师表演了当时热门的诗朗诵——

广场的显示屏祝全体教师教师节快乐

穿上校服的老师们

《我爱工作》；有的年级组的老师穿上了学生的校服，中学生的校服穿在老师们身上丝毫不违和，老师们一下子都变得年轻了；也有年轻的老师选择表演吉他弹唱，凭借一首周杰伦的《晴天》收获了一片掌声。最令我印象深刻的还是身穿色彩鲜艳的藏服、羌服，包着头帕、披着坎肩的老师们的舞蹈表演。在汶川中学，不论是在老师还是在学生中，藏族、羌族都占了很大一部分比例，舞蹈恰恰在这两个民族的生活中具有重要的意义。老师们的舞风古朴而典雅，粗犷又不失优美，我们第一次见到这样的舞蹈，直到表演结束眼神都没挪开半刻。

年轻的老师表演吉他弹唱

老师们表演舞蹈

在愉悦、祥和的氛围中，我们与欢歌笑语的老师们在汶川中学度过了人生第一个难忘的教师节。

我们度过了人生第一个难忘的教师节

## 千里共婵娟

9月过了中旬，天气逐渐转凉，爬上山头的月亮也一天天地变圆，一日圆似一日，眼瞅着中秋节就快到了。

9月16日这天一起床，汤文萍和王璨珠便问我有没有感受到地震，原来这天凌晨四川省泸州市发生了6.0级地震，她们都感受到一阵晃动，可能由于我睡得沉，居然没感受到一点震动。随后看到新闻的老师、家人和朋友也相继给我们发来了问候平安的消息，看到这么多人遥遥地挂念着我们，一时间我感动得说不出话来。截至9月21日，这次地震造成了泸县3人死亡，148人受伤，居民的财产受到一定程度的损失。

可能是由于汶川处于地震带上，汶川经常会有小型地震发生，我们在汶川的一年也经常遇到小型地震。有一次上班，忽然之间脚底下的地板和头顶的天花板就开始晃动，尽管只有一两秒，但是所有人都愣住了。后知后觉的我，腿都软了。还有一次是放假期间，我和汤文萍、王瓅珠都不在汶川，而那几日汶川频发地震，到了晚上，老师们都不敢睡在屋内，杨姐和罗姐她们在车里勉强睡了一夜。这些只是我们一年支教生活中的小小插曲，但是对于杨姐、罗姐这些定居汶川的人来说，却是需要时时提高警惕的日常。

地震后没过几日便迎来了中秋节，我们虽然不能和家人团圆，却收到了来自四面八方的月饼。我尤其爱吃山东的酥皮老月饼，每年中秋外婆都会给我邮寄，往年是寄到南京，这一年月饼从山东寄到了汶川，依旧甜蜜可口。此外，我二姨和药学院的老师们也深深地挂念着我，给我寄来了好多沉甸甸的月饼。王瓅珠的家人也寄来了各式各样的月饼，我们的月饼加起来，有广式的、苏式的，五仁的、蛋黄流心的……叫人目不暇接。同医务室的伙伴们分享完，中秋的思乡之情也在分享美食的过程中得到了疏解。我想，我们虽然与家人不在一处，但是我们的头顶是同一轮月亮，吃的是同样的月饼，思念顺着岷江水缓缓地流淌，从汶川流向南京，也是一件浪漫的事。

中秋收到的月饼

## 羌历年

来到汶川之后，我发现周围有很多少数民族的老师和学生，后来利用闲暇时间参观汶川县博物馆并查阅了相关资料之后，才发现汶川是藏、羌、回、汉等民族交汇融合的地带，这里也是全国最大的羌族集中聚居区之一。在汶川，羌族约占汶川县总人口的42.6%，威州镇更是羌族的主要聚集地之一。

除了极具特色的羌雕、羌绣，羌族人还有自己的传统历——羌历。同我们熟知的新年不同，羌历十月为岁首，羌历新年是农历十月初一。羌历年又称为日麦节、日美吉等，意为过小年、丰收节等，是羌族一年欢庆丰收、送祝福、祈平安的最为隆重的节日。医务室的杨姐说，每年的这一天，威州镇、水磨镇等都要举办庆羌年活动，家家户户的羌族人身着羌服来到锅庄广场，唱羌歌、跳锅庄舞，祈祷平安、欢庆丰收。这一天，人们在大街上遇见都要互相道一句："扎西德勒，纳吉纳鲁。"（分别是藏族、羌族人祝愿对方吉祥如意的吉祥话）在汶川，每年从10月起，节日氛围就非常浓厚。

在学校，由于羌族学生较多，为了迎接羌历年，每年到羌历年都会放3天假，好让老师、同学们回家过新年。2021年的羌历年是阳历的11月5日，我们虽非羌族，却也希望借此机会感受一下羌族的传统节日氛围，但是因为疫情，羌历年庆典只能在线上举办观看。不能和羌族同胞一起到锅庄广场唱羌歌、跳锅庄舞真是一件憾事，希望疫情早日结束，人们早日恢复正常的生活。

## 春节

带着一点点遗憾，我们过完了羌历年。2022年2月1日迎来了传统农历新年。我们回到了阔别半年的家乡，尽管不能与汶川的同学们一起庆祝新年到来，但是我们研支团的三位成员为汶川的同学们录制了具有江苏特色的过年习俗短片，以线上形式，与汶川的同学一起玩游戏、赏年味，欢度春节。

与汶川中学的同学们“云”度春节

在视频中，我们分别向同学们介绍了夫子庙的灯会、高淳舞狮和淮安的祭灶传统，此外，同学们还和我们分享了年味满满的家乡美景——与南京的古朴浪漫不同，阿坝的春节是山与雪一同谱写的。墨绿的松树挂着零零散散的积雪，一眼望去的山顶雪景，汶川的春节真是有一种别样的美。

阿坝的冬天是山与雪一同谱写的

零点的钟声敲响，伴随着窗外的爆竹声，同学们和医务室的同事们给我发来了新年祝福。回首2021年，我和汶川中学的同学、老师以及医务室的同事相识、相知，和许许多多志同道合的志愿者携手，对汶川这片土地由好奇到熟悉再到热爱，这半年真是收获颇丰。支教时光不知不觉已经走过了一半，我们对汶川的眷念越来越深，初一（6）班有同学在学期末最后一节课上问我："张老师，下学期你还会来给我们上课吗？"那时我很自信地回复他们："当然啦！"不知等到6月，真正的离别到来之际，他们再问我这个问题时我该如何作答。真希望时间走得慢一点，再慢一点。

（部分内容转载自青年南医公众号）

## 妇女节

开学不多久，气温回暖，柳芽探出，天空日日晴朗湛蓝，远处的高山也蒙上了一层绿纱。山下，汶川的李子花、桃花、海棠争相开放，每天上下班的路上，我的眼睛到处搜寻，流连于美景。用包慧怡老师的那句诗——“春天，我的眼睛化成一只鱼”来描述当时的我再贴切不过了。就是在这样好景连连的季节里，我们在汶川中学迎来了三八国际妇女节。

早春初至，柳树萌芽

春花开放

争相开放的海棠

三八国际妇女节是专属于全世界妇女的节日。但是近些年，媒体、流量炒作的“女生节”“女神节”等各种名称层出不穷，让我第一次对“妇女”的定义产生了疑惑。法律规定，妇女的定义不单指已婚妇女，大于14周岁、成年的女性统称为妇女。而在我们的现实生活中，妇女常指有孩子的女性，这可能导致众多年轻女性不愿过妇女节，于是有了“女生节”“女神节”等说法。然而在汶川，我们度过了一个非常难忘的三八妇女节。

妇女节当天，学校给每位女性教职工都放了半天的假，并在体育馆组织妇女节活动。活动要求每个年级组、部门的女同事都出一个节目，并上台比拼，名次好的部门可以获得奖品。为了拿到奖品，各个部门都摩拳擦掌，作为后勤部的成员，王爍珠、汤文萍和我都参加了演出。我们表演的节目是舞蹈串烧，表演之前我们每天晚上都在初中部的活动场馆中对着镜子排练，因为几乎没有舞台经验，排练时经常出现忘动作、同手同脚、不整齐等问题，但在一次次磨合中，我们培养出了默契。最后登台演出时，汤文萍作为领舞获得了观众们的一致好评，我们也为后勤部赢得了奖品——纸巾，虽然奖品很普通，但是一路同行的欢乐是最珍贵的回忆。

表演舞蹈串烧

我们的舞蹈小队

活动的最后，所有的老师在体育馆中手拉着手跳起了锅庄舞。这是我第一次跳锅庄舞，罗姐不厌其烦地教了我们很多遍，一百多位老师手牵手围成了大大的圈，面朝圈内，和着节拍踏着舞步，真是热闹、有趣极了。

我们手拉手一起跳锅庄舞

妇女节前夕，南京的友人挂念我，给我寄来了一盆栀子花，栀子花花朵含苞待放，绿叶青翠欲滴。到了妇女节这天，我又收到了友人寄来的百合、小雏菊与香槟玫瑰，满满的情谊从南京飞来，化成花香包围着我，令人动容，叫人终身难忘。

友人寄来的栀子花

妇女节收到的百合、小雏菊与香槟玫瑰

## 儿童节

6月，栀子花开了，同学们也迎来了他们最喜欢的节日——六一儿童节。除了节假日，这些小朋友最喜欢的节日恐怕就是儿童节了，因为到了这一天，即使是最严厉的班主任也会变得格外宽容。掐指算算，支教服务的一年很快便要到期了，离别的笙箫吹响，儿童节可能是我能和这帮孩子一起度过的最后一个节日了。

栀子花开了

儿童节还没到来之前，初一（5）班和（8）班的同学们便几次三番在下课时间跑到医务室我的工位旁，邀请我去参加他们班的儿童节活动，但是由于医务室的工作琐碎繁忙，我不能轻易做出承诺。儿童节这天上午早课结束后，便听见初中一年级有几个班级拉开桌子准备活动了。我心中灵机一动，为什么不给这些孩子买点零食帮他们庆祝节日呢？思及此，中午一下班我便赶紧拉着汤文萍和我一起上街。汶川街上只有两家超市，还有一家蛋糕店，我们匆匆地给孩子们买了小蛋糕和零食。回到班级只有零星几个同学在教室里，于是我将零食放在讲桌上，交代了几句便回寝室准备休息，临走的时候还被同学塞了一些糖果。没想到刚回到寝室便有人敲开了教师公寓的门——门是王瓅珠开的，两个同学说要找张老师。我一打开房门便看见两个初一（6）班的女同学捧着一块蛋糕进来了，心中惊讶又感动，学校不允许学生擅自进入教师公寓，害怕她们受批评，我赶紧接了蛋糕送她们回去。

路上一问才知道，原来班主任蒲老师也给他们买了蛋糕庆祝节日，没过多久，我又收到蒲老师发来的视频。视频中，初一（6）班的同学们一个个洋溢着笑容，对着镜头大声说：“祝张老师六一儿童节快乐！”说完还朝镜头比心。看得我一下子没忍住，眼泪就掉下来了。

孩子们送来的蛋糕

孩子们在视频里祝我六一儿童节快乐

我教的几个班，每个班都有每个班的特点，（5）班最调皮，（8）班最听话，（6）班最可爱、也最依赖我。在这一年里，这几个班的学生没有一个惹我伤心、生气，每次看到他们就像看到我的弟弟、妹妹。来到汶川后，我虽然半年里只跟我妹妹见了一次，却收获了许许多多小朋友。想到再过一个月我就要离开这里，不知再见到他们是什么时候，我就想按下暂停键，让时间停下来。

## 艺术节

当地人都知道汶川有三宝——甜樱桃、香杏子、脆李子。这场水果盛宴从每年的5月中旬开始，一直持续到8月。这个时候，樱桃、杏子、李子相继成熟，汶川的风都变得香甜，集市上摆满了各种水果，红的、黄的、绿的，煞是好看。

2022年5月中旬，当第一阵樱桃味的风穿过山间林地扑面而来，当悠扬的笛声吹绿巍巍羌山之时，汶川中学迎来了2022年第25届校园文化艺术节汇报表演活动。为了庆祝中国共青团成立100周年，这一届活动的主题定为："铸牢中华民族共同体意识，庆祝中国共产主义青年团成立100周年暨汶川中学第25届校园文化艺术节汇报表演活动"。据医务室的同事们说，这是近几年学校举办的最大型的艺术活动。

活动的筹备工作从春季开学伊始就开始了。而我们早早就收到了通知——每个班级、部门都要准备表演节目，最终登上汇报表演舞台的表演节目则需要经过层层选拔。医务室作为后勤部的下属部门，张主任每次见到我们都嘱咐我们一定要参加表演。5月，操场上有许多班级利用闲暇时间排练节目，我们授课的几个班级也不例外，有时候大课间来到医务室的后门，就能看到他们在教室后的空地上排练节目。每到这时，活泼外向的同学便会扯着嗓子喊："张老师！"而当我要给他们拍照时，他们却都红了脸摆手叫我不要拍。虽然经过层层选拔，我授课的几个班级无一例外都落选了，但是毫无疑问同学们在这个过程中是开心、努力的，并且有所收获。而我们为了致敬疫情防控工作者，决定穿上白大褂在当天参加T台走秀表演。

时间在一天天的等待与期盼中悄悄溜走，终于，在全校师生的企盼中，5月18日，汶川中学第25届校园文化艺术节汇报表演活动拉开了序幕。

选拔赛中，初一（5）班的孩子们准备上台表演

进入艺术节汇报表演场地

艺术节汇报表演现场

汶川县各级领导、汶川中学各级领导、兄弟学校领导等都参加了这次艺术节。在汶川县委常委、宣传部部长余理胜和汶川中学党委书记、校长龙绍明致辞后，表演在一片欢呼声中拉开了序幕。最先亮相的恰恰舞表演《欢乐恰恰恰》从一开始就用青春活力渲染了整个活动现场，随后极具民族特色的舞蹈《飞天》《云朵莎朗姐》、歌曲《带我去更远地方》等节目轮番上演；教师们也不甘落后，穿上公主服或是古装、羌服、藏服等，在节目《教师服装秀》中大放光彩。一时间，欢呼声、现场挥舞的荧光灯汇聚形成一片片浪潮。在所有节目中，最令我印象深刻的是一场反校园暴力的短剧表演，整场表演没有太多台词渲染，在一片叫人压抑的沉默中，小女孩被众人围绕推搡，书包被打翻在地，在场所有人的心都揪了起来。幸好这时，有一位同学热心地站了出来，将小女孩拉出深渊，而后，

艺术节汇报表演中的舞蹈节目

越来越多的人站起来守护小女孩，对霸凌说“不”，节目由此被推向了高潮。许多人眼眶含泪，现场掌声雷动。

在这场视听盛宴中，孩子们的人文审美和艺术修养深深地震撼了我。随着歌曲《我和我的祖国》，全场响起了大合唱，艺术节走向了尾声。

## 3. 生活篇

### “食”在汶川

大家都很关心我们在汶川怎么吃饭、吃什么，毕竟汶川位于西南，饮食结构不同于江苏。作为一个“吃货”，我想说在汶川这一年我过得真的很幸福，更幸福的事情是可以遇到志同道合的“吃货”朋友——研支团的另外两位同学都是“吃货”。

王瓅珠偏爱甜食、吃不了辣，汤文萍和我是忠实的辛辣爱好者和面食爱好者，很多个周末我们都会乘坐校门口的“私家车”，一起去镇上觅食。医务室的杨姐不止一次在吃饭的时候看着我们说：“这几个小丫头，放到哪里都好养活，真好。”我们只能停下筷子尴尬地笑笑。在我们的带领下，医务室也全员变成“吃货”了，他们都说和我们一起吃饭胃口就会变好。

我们在汶川的饮食主要分为两种——自己做的和外面买的。

自己做饭，要有食材。汶川的菜市场在镇上，而我们不可能每天都去镇上菜市场买菜，于是美团优选几乎成了汶川中学老师们的不二选择。在我们刚到汶川的第一天，后勤部的张主任便把我们带到美团优选配送点的阿姨那里，告诉我们怎么使用软件买菜、收菜。配送点就在校园里，在手机上买菜，前一天买第二天就能送到。这一年里我们没少用软件买菜，菜品嘛，几乎就是软件上有什么我们吃什么。

在教师公寓，我们有时一起做饭，但是由于我、汤文萍和王瓅珠的下班时间不同，且大家都有忌口和偏好，大部分工作日我们都是各自做点吃的。自己做饭刚开始以速食居多，却也能做出不同的花样——肥牛泡面、螺蛳粉、爆肚粉，各式各样的面条和粉丝。后来，我们就开始蒸米饭、对着菜谱炒菜了。那一年里我们学会了蒜炒西兰花、番茄龙利鱼、虾滑粉丝白菜煲、鲫鱼汤、黄焖鸡、煲仔饭……放假不忙的日子里，大家也会摸索着做点面食。尤其是王瓅珠，她偏爱甜食，我们也跟着沾光，豆沙馒头、南瓜饼、年糕，有时候早上一起来就能看到她端着馒头走出厨房，馒头松松软软、香香甜甜，吃一顿这样的早餐可以熨帖一整天。

奇奇怪怪的吃食我们也曾尝试过。比如看到书上经常有作者写到吃槐花，于是春天槐花开的时候，我便同大家摘遍了校园的槐花，装在塑料袋里拎回去花式做槐花——槐花饼、蒸槐花、凉拌槐花，还别说，真的很好吃，就是吃完有点不好消化。

汤文萍有一段时间特别想喝南京大排档的美龄粥，无奈汶川没有美龄粥，便想着用山药、奶粉、糯米自己做，结果做出来广受好评，我一个人就喝了三小碗。

川式的香肠不同于南京的香肠，烟熏风味重，我们在教务处帮忙时，教务处的刘老师给我们送了川式的香肠和腊肉。把川式腊肉

王瓅珠做的面包

我做的蒸槐花

和香肠切一切，用来蒸米饭或者蒸干丝，再倒上酱油，也是别有一番风味……我们关于美食的摸索真是不胜枚举，印象中好像没有煳了、太咸了这些失败的案例，可见我们也是有一些做饭天赋的。

有时我们不想在公寓做饭，便会去学校食堂或者学校对面的小馆子吃饭。学校食堂每天晚上的教师餐费是8元/人，我们常常去吃青椒肉丝炒饭或者红油抄手。满满的一大碗炒饭常常叫我们等得望眼欲穿，端上来油香十足，米饭粒粒分明。以前上中学时我妈妈就天天给我做炒饭，等到上了大学已经不太愿意吃炒饭了，但是在汶川，这样一碗炒饭我却可以全部吃完，可见汶川中学食堂的厨师手艺有多好。

汤文萍做的美龄粥

学校食堂的炒饭

抄手更不必说，四川的抄手与我们常说的馄饨类似，不过常常辅以豆瓣酱、辣椒油调味，制成红油抄手。抄手外皮薄得可以一口抿掉，肉馅调味丰富，配上两片菜叶，吃得人心满意足。如果不想在食堂吃，学校对面也有四五家餐馆任我们选择。说到学校对面的餐馆，真是卧虎藏龙。我们第一次去学校对面吃是在罗姐的极力推荐下，她说对面那家石锅拌饭之前她天天去吃，味道特别好。听得我们心里直痒痒，下了班就冲了过去。石锅拌饭是酱油口味，每一份石锅拌饭里都有一块煎好的鸡蛋，一份宫保鸡丁石锅拌饭才13元，真是物美价廉。

我们偶然在学校小坡上的那家校边小吃吃过一次之后便成为它的忠实粉丝。校边小吃很朴素简单，是一对上了年纪的爷爷奶奶开的，加上放在门外的桌子，总共5张桌子，小吃的种类也很有限——（牛肉或排骨）红汤面、清汤面、红汤抄手、清汤抄手、饺子，均是按两卖，很多次我们去了都没有地方坐，或者卖完收摊了。我和汤文萍是忠实的面食爱好者，四川的红汤面不同于苏式的红汤面，川式的红汤面以豆瓣酱炒制汤底，辅以酱油、鸡精、盐等调味，其中豆瓣酱是精华所在，四川的郫县豆瓣酱誉冠全国，也是烹饪一碗好吃的面的秘诀。一开始我们都吃2两的面或者抄手，后来渐渐变成3两。等到快离开的时候，我们都舍不得这家面馆，汤文萍和我说，临走之前一定要再来吃一碗5两的面，当时只当是笑话，回南京之后才感到遗憾与怀念。

校门口物美价廉的石锅拌饭

校边小吃的红油抄手

周末或者节假日，有时候我们会三个人一起或者和医务室的同事们搭便车去县城“打牙祭”。不得不提的是一家汶川老店的名小吃锅盔肥肠粉，浸在红油里的肥肠粉看着辣其实香大过辣，吃的时候，配上一个花椒味浓重的牛肉锅盔，锅盔切成四块，夹起一块放到汤中浸一下再吃，别提多好吃啦！汶川的特色还有洋芋糍粑，也就是炸土豆，外酥里嫩，配以辣椒粉或者白糖，简简单单叫人难忘。藏在巷子里的米线、超市楼上的红油冒菜、街心深处的码头故事火锅、五毛钱一个挤满奶油的小泡芙、公路边上的魏庄豆腐鱼……每一样我们都如数家珍，每一样都是留在舌尖上的味道。

汶川是一座很小很小的县城，却依靠着岷江水，逐渐发展出自己的饮食文化。香辣的汶川美食，一样一样被游人吃到胃里，此后香辣都成了游人的牵挂。

锅盔、肥肠粉

美味的魏庄豆腐鱼

临行前一晚，我们来吃校边小吃

## 跳蚤市场

如果要问汶川中学的学生们每年最期待什么节日，那他们肯定异口同声地回答：“六一儿童节！”因为儿童节这天，除了各个班级组织的联欢活动外，学校还要以班级为单位组织跳蚤市场，而我有幸在同学们的邀请下参加了这次活动。

跳蚤市场的起源可以追溯到18世纪的欧洲，随着工业化和城市化的发展，人们开始有了更多的物质需求和物品积累，于是二手商品交易应运而生。起初，主要参与者是贫穷或中低收入阶层的人们，他们通过在城市中的空地上或者露天广场上出售自己的闲置物品来增加收入或置换所需物品。被称为跳蚤市场是由于这些市场上出售的二手家具和衣物上常常带有跳蚤等小虫子。随着时间的推移，跳蚤市场逐渐成为二手市场的代名词，大家可以在这里找到各种各样的二手商品，促进物质流动、传播节约精神并享受寻宝和交流的乐趣。

六一儿童节这天天气好极了，湛蓝的天空飘着几朵云彩，整个校园像画一样。上午的课程结束后，有些同学便在班主任的组织下早早吃完午饭，到操场布置班级的展位。由于时间匆忙，初一（6）班的展位上没有太多物品，我也从宿舍拿出我的闲置物品——一束干花和一个花瓶放到初一（6）班的摊位上帮他们“撑场面”。等我帮初一（6）班布置好展台，我的上班时间也到了。到了下午活动正高潮的时候，同学一窝蜂地拥到医务室邀请我去跳蚤市场逛逛，由于学生都去操场参加活动了，医务室工作并不繁忙，杨姐便让我们去操场感受一下。

还没走到操场，鼎沸的人声便先将我拉进这热闹的氛围中了。整个操场被各班级的展台围绕着，每个班级都手绘了精美的纸板画以吸引“游客”，我惊讶于他们的创意与美术技巧，又欣慰于这个年纪的孩子们在学校和老师们的呵护下真是无忧无虑，能最大限度地发挥他们的想象力与动手能力。他们售卖的物品多种多样，有旧书、卡套、精美的笔记本、小镜子、发卡等等；售卖的形式也层出不穷，有“强买强卖”的，有“威逼利诱”的，有“默默无闻”的，也有“苦苦哀求”的，最巧妙的要数初一（8）班了，他们居然还设计了套圈、吹乒乓球等小游戏以促进“游客”购买。我一走到初一（8）班的展台，便被同学们拉过去玩游戏，看似简简单单的游戏还真不容易过关，最后只能放弃转而帮他们售卖。短短的一个下午他们就收获颇丰，挣了300多元，整个班级都喜气洋洋。比较之下，初一（5）班和（6）班就没有那么幸运了，可这丝毫不影响他们过节的愉悦心情。一整个下午，跳蚤市场成了他们的乐园，这个乐园不仅仅是一处物品置换的场所，更是同学们的娱乐、学习和启发灵感之地。同学们需要提前策划活动方案、布置活动场地、商量商品促销策略，在活动时选择和购买自己喜欢的物品，与摊主进行交流和讨价还价锻炼表达能力。通过这样的亲身实践，他们学会了如何策划一场活动、如何交易、如何表达自己的需求和喜好。这样的经验对于培养他们的独立思考和决策能力非常重要，是书本上学不到的。

到了晚上，他们便可以享受自己的劳动所得——为班级购买零食饮料。班主任或是组织观看电影，或是组织晚会表演。待到月亮升起，汶川中学沐浴在月光中，显得安详而静谧，欢快、热闹的儿童节，也在所有人的回味中结束了。

## 桃坪羌寨

汶川的冬天，气温一直在零度左右徘徊，虽不及南京寒冷刺骨，却依然叫人难挨。这里几乎没有空调，唯一取暖的方法是火炉。冷到不行的时候，大家围聚在火炉边烘手，脑海中便会浮现出春天的和煦景象。那个时候杨姐和罗姐便提议春天我们一起去桃坪羌寨春游。桃坪羌寨——多么美好的名字，光是听到就叫人心生期待。于是从2021年12月起，我们便开始期待来年3月。

汶川是羌人的主要聚集地，就居住习惯来说，羌人依山而居，垒石为室，桃坪羌寨便是羌族建筑群落的典型代表。史料记载，桃坪羌寨最早名为“赤溪寨”，因当地小溪里的石头呈红色，映红了溪水而得名。相传200多年前，陶、殊二氏先民来此居住，见这里土壤肥沃，水源丰富，光照条件好，便倡导种植桃树，后人为纪念他们便将寨名更改为“陶殊坪”。这里桃树满山，春季桃红柳绿，夏季硕果累累，呈现出一派繁荣的景象，人们便又将此地称为“桃子坪”，简称“桃坪”。桃坪羌寨位于汶川县的隔壁——理县桃坪乡，羌语称“契子”，在“5·12”汶川特大地震中，桃坪羌寨受到了严重破坏，灾后获得重建。桃坪羌寨作为世界上保存最完整的碉楼与民居的融合体，被中外学者誉为“羌族建筑艺术活化石”“神秘的东方古堡”。了解到桃坪羌寨的历史后，我们更是心驰神往，想去瞻仰那些驰名中外的古老建筑。

时间这本书终于翻到春天这一页。春天一到，川西大地逐渐苏醒，山峦雪融，岷江水流渐涨。最开始，春天的消息是从路边的一朵小野花传来的，随后是冒出嫩芽的垂柳、一阵和煦的风，而后是

春天路边的一朵小野花

校园里垂丝海棠的笑颜。站在树下看，叶子滴绿、花色艳红、天空湛蓝，极高饱和度的色彩冲击着人们的眼球。公路旁，李子花、桃花铆足了劲争相开放。所有的景致，甚至连空气都在呼吁——不要辜负好春光。

原本罗姐要和我们一同去桃坪羌寨，但是这时候罗姐怀孕的月份已经很大了，出于安全考虑，她便放弃了这次出游。出游前一天，罗姐极力邀请我们去她家“搜罗”衣服，罗姐学过舞蹈，又是藏族人，家中有许多民族特色服装。一进门，果果便冲出来甜甜地叫“梦蝶姐姐”“小汤姐姐”，果果是罗姐的女儿，6岁，天真可爱，喜欢和我们在一起玩。我们在罗姐家试了一晚上衣服，第一次穿上手绣的羌服和色彩华丽的藏袍，还佩戴了极具民族特色的首饰。看着镜子里的我们，仿佛都变成了少数民族的姑娘。

第二天一早，杨姐开车接上我们一同去桃坪羌寨。天气也是少见的好，一路风和日丽。桃坪羌寨距离汶川30分钟的车程，不多时，我们便到了传说中的东方古堡。

果果6岁，喜欢和我们玩

杨姐开车接我们一起前往桃坪羌寨

一下车远远便看见一片黄褐色的石屋顺着陡峭的山势往上垒，建筑群以高高的碉楼为中心，呈放射状。停好车走近一看，碉楼周围分布了8个出入口，出入口周围又分出了甬道，甬道铺以黑色的大理石，显得深幽而静谧。一些巷道上搭建了房屋，随即衍生出无数暗道，形成迷宫式建筑，只有寨子里的居民知道如何走、甬道通往何处。而除了表面纵横交错的甬道，为了补充水源，羌寨还修建了四通八达的地下水网。据当地人介绍，地下水网是为防止战时敌人切断水源而修建的，泉水从高山上引下经暗沟流至每家每户，如今的地下水网既可调节室内温度，净化空气，成为名副其实的“绿色空调”，又可防火。由于地理位置的特殊性，碉楼从建立之初就被赋予了军事防御的功能。

爬上窄小陡峭的木制楼梯，就来到了羌族的古民居。民居有三层，最下层摆放农具，若饲养了牲畜，牲畜也住在最下层；中层住人；上层摆放粮食。我们爬到上层，见房梁上挂了许许多多的玉米。上层还有小小的一层阶梯，这层阶梯延伸到房顶。羌人的房顶上垒有“小塔”，小塔上摆放白石，供奉着羌人信仰的白石神。

我们在参观的时候，有其他外地来的旅客也利用假期前来游玩。他们见我们穿着藏服或羌服，误以为我们是当地的姑娘，还提出要同我们合影留念。

有一队四川的旅客想借我们的衣服拍照，我们便将多余的衣服借给了他们，他们中有一位非常会拍照的姐姐非要帮我们用相机拍照作为回报，果然在她的镜头里，我们都变成名副其实的少数民族姑娘了。

渐渐地，阳光变得刺眼，这次春游也在一片欢声笑语中圆满地结束了。

羌族的房顶供奉着白石神

我们同游客合影留念

我们仨在羌寨前留影

## 九寨沟

2022年元旦后不久，寒假的钟声便敲响了，不知不觉中我们的支教工作已经进行了半年，医务室的严老师每天和我们念叨：“哎呀，你们来四川一趟，都不出去耍耍，我们四川有好多好看的风景，再不去等你们以后回去了就看不到了。”仔细想想，蜀地美，我们却没有领略过大山深处的蜀地，当地更有一句话：“不去九寨，枉入四川。”几经讨论之下，我们决定利用寒假前往黄龙九寨沟，领略雪景下的“人间仙境”。

为了更好地领略当地的自然景观，我们没有选择跟团，而是自己制定路线乘坐班车前往九寨沟县。正值隆冬腊月，公路上没有太多车辆，经过松潘县，看到了安徽师范大学研究生支教团的服务地，也是我们的同伴季行健的服务地。临行前，季行健特地推荐我们前往松潘古城看看，说此处是一处历史名城，古为用兵之地，被称作“川西门户”，顺着古城墙行走，一路风景很美，夜景尤其美。遗憾的是，由于行程太赶、交通不便等原因，我们没能在松潘县城留宿。

这时还能看见公路旁的溪流缓缓流动，再往海拔高处走，公路逐渐变陡、变曲折，路面映出雪迹，就必须用上防滑链了。路旁不时闪现几头牦牛，川西的冬天冷得叫人跺脚，一头头牦牛却很悠闲，仿佛感受不到寒冷。

我们的第一站原本是黄龙，可是由于信息偏差，我们居住的松潘川主寺距离黄龙还有一段距离。由于是旅游淡季，街道上行人、车辆很少，旅馆里也很冷清，寒冷难耐，我们索性一路向北前往九寨沟。

到了九寨沟才算真正放松下来。九寨沟地处岷山山脉南段尕尔纳峰北麓，是长江水系嘉陵江源头的一条支沟，也是青藏高原向四川盆地过渡的地带。九寨沟得名于居住于景区内的9个藏族寨子，也称“和药九寨”。这里是藏族、羌族的聚集地之一，也是藏文化的发源地之一。

我们住进了一家具有藏族特色的旅馆，当晚便去吃了藏式火锅、藏族的特色糌粑。糌粑是将青稞或豌豆炒熟之后磨成面粉，食用的时候加入酥油茶，用手捏成团之后进食。我们还喝了藏族的酥油茶和牦牛酸奶。牦牛酸奶醇厚香浓，加一勺白糖别有一番风味。

牦牛酸奶

第二天一早，我们便启程前往九寨沟。景区门口可以看见九寨沟的徽标——形似眼睛，寓意着一眼可以看尽世间美景、要像保护眼睛一样保护九寨沟。

到达九寨沟后，顺着观光车行车路径，我们先后到达了树正寨、诺日朗瀑布、镜海、珍珠滩瀑布、五花海、熊猫海、箭竹海……

九寨沟景区入口

诺日朗瀑布

原本我们以为冬天的九寨沟不及其他季节绚烂多彩，到了这里才发现，恰恰是冬雪，给九寨沟增添了别样的风姿。一路上我们目不暇接，还没走到珍珠滩瀑布，脑海中就浮现出唐僧师徒牵马挑担走过瀑布的场景。瀑布没有结冰，河滩上溅起的水波如跳跃的粒粒珍珠，好似大珠小珠落玉盘——这就是它名为珍珠滩的由来吧。

珍珠滩瀑布

溅起的水波如跳跃的珍珠

五彩池被人们称为九寨之眼。五彩池整个池子像孔雀的尾巴一样绽放出五彩斑斓的色泽，水很清，水底一块石头、一根树枝都看得一清二楚，没有风的时候，水面平静得像一面镜子，大自然真是鬼斧神工。

五彩池

远处雪山倒映如画

明明是隆冬腊月，有的海子里却摇曳着青草般的嫩绿色植物；有的海子如蓝宝石般晶莹剔透；有的像一面光滑的镜子，蓝天白云雪山映在水面，人仿佛在画中走。行走间，抬眼看到远方的雪山，一时间竟觉得恍如梦中。有俗语云：黄山归来不看山，九寨归来不看水。九寨沟大小108个海子，各有各的风姿，来过一次，叫我们终身不能忘怀。

兼具自然、人文价值的九寨沟不仅仅是中华民族的瑰宝，更是大自然给予人类的礼物。游览了九寨沟，我们更加理解、热爱这片养育了多个民族的土地。

## 汶川三宝

汶川有三宝——甜樱桃、脆李子、香杏子。甜樱桃皮薄肉厚、个头大，李子酸甜可口，杏子果肉多汁。这三种水果是汶川名副其实的“致富果”。

我们刚来到汶川时，正值7月，是汶川李子、杏子上市的季节，镇子上到处是挑着五彩斑斓的果子吆喝叫卖的果农。汶川的李子分为青脆李和红脆李，都是酸度适度、香脆可口的口感。来汶川之前我从没有吃过这种李子，当我第一次吃到青脆李时便深深地爱上了这种水果，当即便买了两箱寄回了家乡。买李子的时候，因为初来乍到，我们还被果农小小地“坑”了一下。

事情是这样的，那天我们在路边买了散装的李子，果农阿姨给我们称了3斤，随后我们便去批发市场买箱装的李子寄回家，批发市场的阿姨见我们买了散装的，问我们买了几斤，我们说3斤，她说眼瞅着不像，便用批发市场的秤又给我们称了一遍，发现果然少了半斤。我想，虽然果农很不容易，6元也不算多，但是缺斤少两

香杏子和青脆李

市场上的红脆李

不可取，做生意最讲究的是诚信，于是等给家人寄完李子我们又找到了那个果农阿姨和她说了情况。她也有点不好意思，便把多收的钱退给了我们。

其实汶川人都很淳朴、乐于助人。遇到下雨天，我们在镇上拦不到车没办法回去的时候，开车回家经过的当地人会捎上我们一段；在镇上买菜时，即使只买一块豆腐，阿姨都会搭上两根小葱……

汶川三宝中，名气最大的要数红樱桃了。汶川因为其优越的地理位置、昼夜温差大和碱性的无污染土壤，成为最适宜栽种甜樱桃的区域，被称为“樱桃之乡”。每年晚春时节樱桃上市时，各地的游客便蜂拥而至，前来采摘樱桃。2022年5月，红樱桃成熟的时候，在共青团汶川县委老师们的带领下，我们第23届研支团和吕虹林一起前往山上见识了满山红樱桃的盛景。山林间，一颗颗色泽饱满的樱桃像小小的宝石点缀在绿叶之间，在阳光的照耀下发出绚丽

山林间的樱桃像小小的宝石点缀在绿叶之间

准备快递的樱桃

我们摘的樱桃

的光芒。摘下一颗不待洗净，擦一下便放入口中，轻轻一咬，甜美的果汁便会充盈口腔，满口都是酸甜滋味，幸福感油然而生。真不愧是汶川三宝、汶川人民的“致富果”。

当地人叫樱桃不是“yīng”桃，而是“ēn”桃儿。山上果园的樱桃，除了线下开放销售，吸引大家上山现摘现吃外，还支持线上下单，快递运输，园中游人和果农都忙得不亦乐乎。果农告诉我们，汶川甜樱桃的发展之路非常曲折。最开始的时候，由于果农们不懂技术，发现有的樱桃树只长个不结果，便把树砍了当柴烧，亏了很多钱，后来才知道要充分授粉才能结果。后来樱桃树渐渐结果了，有的果农又求富心切，大量施化肥，导致红樱桃的质量严重下滑，结在树上的果子卖不出去，全都烂在地头。吃一堑、长一智，在政府的支持下，汶川的樱桃从种植到销售都进行了绿色化、优质化、产业化管理，樱桃的品质得到大幅度提升，汶川红樱桃的口碑也传遍了大江南北。

# 4.小确幸篇

## 我和他们的小确幸

支教的一年，我教了3个班，150多名学生。他们中有调皮的、懵懂的、寡言的，也有懂事的、让人心疼的，每个孩子都有独特的个性，每个人眼里都写满了赤诚。和他们交往的过程中，留下了许许多多个让我印象深刻的瞬间，我很想讲讲和他们的故事。

### 我的课代表

故事先从初一（8）班说起。我支教的第一课是在初一（8）班上的，这个班的孩子们有一个特点——懂事。开学第一课，在做完自我介绍后，便立刻有同学举手示意想要发言，一位同学问我："张老师，你有课代表吗？如果没有的话，我想做你的课代表。"于是我便有了我的第一位课代表——阿旺丹增。

阿旺是一个藏族孩子，他的长相很像我们常吃的零食

我和课代表阿旺丹增

品牌的商标——旺仔。事实证明，阿旺是一位非常负责任的课代表，每节课前，他都会跑到医务室（不上课的时候，我们便在医务室帮忙工作）帮我拿电脑和教具，有时候甚至在前一天就会跑过来提醒我："张老师，明天有你的课哦。"在圆梦明信片活动之后，他更加频繁地来医务室。那段时间，他每次到医务室的第一句话变成："张老师，今天我的心愿快递到了吗？"虽然他的心愿礼物很晚才送到，但是他从来不会因为没有自己的快递而低落，相反，他还非常热心地帮其他同学把礼物拿到班级分派。医务室的同事们不止一次夸赞阿旺可爱、负责，同我一起支教、一起在医务室工作的同事汤文萍也常常羡慕我有这么一个贴心的课代表。

在课堂上，有时候同学们会因为学到自己特别感兴趣的内容而兴奋，比如当我问海绵宝宝是单细胞生物还是多细胞生物、青春期男生女生发育的差异等问题的时候，课堂纪律便会出现短时的失控，这时我的课代表便会帮我维持秩序。

当阿旺知道我们是南京医科大学的支教志愿者后，便对南京医科大学生出了向往，课余时间，他会跑到医务室问我数学问题。他经常对我说：“张老师，我以后也要考取南京医科大学，去南京找你玩。”

## 懂事的他们

我在初一（8）班的开学第一课是“成长的烦恼与喜悦”，在简单地和同学们互相认识之后，我便分发了纸条叫他们写下进入初中之后的烦恼与喜悦。收集上来的纸条中，有一半以上的学生都为学习成绩而担忧，刚刚进入中学，稚气未脱，他们已经开始考虑升学的压力了，懂得为自己的未来和学业担忧是他们成长的第一步。

2022年春季开学时，初一（8）班添了新面孔，还不待询问，同学们便主动为我介绍新同学，他是从映秀中学转来的。新同学在第一节课还有些拘谨，为了尽快地帮他融入集体，我便在课堂上尽可能地同他互动，等到第二周再上课时，我发现他已经和同学们打成一片了，甚至有些过分活泼，后来在班级的各项活动，如劳动值日、拔河比赛、儿童节表演中都有他的身影。我想一个有爱、团结的集体就是有这样的魔力，可以轻轻松松将每一个学生拉进来，可以让他们感受到集体的安全感和归属感，从而发挥自己活泼的天性。

## 爱心书签

初一（8）班有一个酷爱读书的女孩，她的名字叫马君如，她有一个心愿是获得《福尔摩斯探案全集》。在拿到心爱的书的那一

我收到的手工爱心书签

天，她整张脸都笑开了花，一整堂课眼睛都滴溜溜地看着我，那一刻我仿佛在她身上看见了少年时的自己。但是凡事都有两面性，少年时的我曾因为太过沉迷阅读课外书而耽误学习。于是我反复和她强调，热爱看书是一件好事，但是要搞清楚主次，千万不能让阅读影响了学习。

尽管如此，在两周后的一节课上我还是抓到她在看课外书。被我抓到的时候，她迷惘又惊恐，我一看她眼睛下映着淡青色的黑眼圈，就知道她是看小说入了迷，晚上熬了夜。等我再一看书名，更不是他们这个年纪可以阅读的书。我便有些生气，当下将她的书本没收并让她写一份说明给我。等到下周一，她交上来的情况说明里夹着给我的一张手工爱心书签，她对我说："谢谢张老师，我以后再也不在学习的时候看课外书了。"

## 他的人生之书

初一（8）班还有一个学生懂事得让我心疼。我第一次注意到他是因为他在课堂上随意讲话，提醒数次之后我便知道了他的名字——朱永祥。小朱同学个子中等，看上去瘦瘦黑黑的，却活力满满，酷爱打篮球，是一个阳光男孩。然而他的生活却不是我们表面见到的那般阳光无忧。参加圆梦明信片活动时，他在小小的明信片上写道："我的心愿是想要一双篮球鞋，我想要打100场篮球赛。"在一次偶然的机会中，我同初一（8）班班主任张彤老师说起朱永祥的篮球梦，张彤老师和我说，他其实有心脏方面的疾病，不能进行太剧烈的运动。而他的心愿最终也没有完全实现——大学里的哥哥姐姐们还在读书，没有能力帮他实现这个心愿，最后他收到了一个钥匙扣——上面挂着一双小球鞋，也算间接地帮他实现了小小心愿。

2022年7月5日，那时候我已经离开汶川回到我的家乡，收拾心情准备开启另一段人生旅程。那天深夜QQ突然跳出朱永祥请求添加我好友的消息。他上来就问我是不是张老师，说他给我准备了礼物，没来得及给我我就离开了，他们还在等我给他们上最后一堂课，还说他们计划同我合影留念……看到这些消息，我一时不知该如何作答，心中五味杂陈，满满的怀念与遗憾。离开的时候正值他们期末紧张复习的阶段，我害怕太隆重的告别会影响他们学习，故而选择了不告而别，看到他的消息时才惊觉自己原来错过了那么多——不仅仅错过了他们的礼物、合影，更重要的是，忽视了他们对我浓浓的不舍与心意。如果再给我一次机会，我一定像上第一节课那样郑重地走进教室，同每一位同学告别，说一句"山高水长，我们顶峰相见”。

我问他为什么这么晚还不睡觉，他说睡不着，因为爸爸酗酒，他的爸爸妈妈要打官司离婚，他说：“张老师，你一定想不到，是我支持妈妈离婚的。”那一天，他跑完了所有的亲戚家，说服所有亲戚支持他的父母离婚。他说，父母离婚后他就要承担起家庭的责任了。一年之后再联系上他时，他正在山上同亲戚一起摘花椒，他告诉我他的父亲已经去世了，而他也在学习操持家里的事务。听完他的故事，我的心里很苦涩。小小的孩子，和我妹妹一样大的年纪，一见人就笑，活力满满、开朗大方的模样，如果不是他主动提起，我一点儿都想象不到他的背后有这么多曲折的故事，生活几乎将他磨砺成一个小大人，他也无畏于扛起家庭的重担。他说他的情况很复杂，复杂得像一本书一样。我突然想起史铁生作品中的两段文字。第一段是：“上帝为了锤炼生命，将布设下一个残酷的谜语。”第二段是：“当生命以美的形式证明其价值的时候，幸福是享受，痛苦也是享受。”我不知道上帝为每个人布设了什么谜语、安排了什么样的命运，历尽磨难后是彩虹还是又一座高山，但我知道，朱永祥的人生之书比同龄人的更厚、更重。但愿上帝给他布设一个好前程。

## 张老师，我想和你做朋友

我总是记不住他的名字，当我叫他甲木措的时候，有人告诉我他叫那木措；而当我叫他那木措的时候，又有人告诉我他叫甲木措，一来二去我彻底把他的名字搞混了，为了方便称呼，就叫他小木措吧。

小木措是藏族人，因为在我的课堂上写别的科目作业被我批评，但是批评无果，还是继续写，于是我便让他下课去找班主任。从那之后我发现班上多了个小刺头，这个小刺头上课喜欢和我唱反调、喜欢蹲在凳子上上课、起立总是比别人慢一拍、见到我就跑开……自从注意到这个现象，我便格外地关注小木措，为了和他的“逆反心理”作斗争，我经常点他回答问题，但他为了和我唱反调，常常把一个简单的问题故意搞错。他见到我就跑开时，我便抓住他问他为什么不像其他同学那样同我打招呼，讲传染病防护知识的时候，我便叫他上来同我一起演示七步洗手法……渐渐地，小木措不像之前那样对我怀有敌意。六一儿童节，在蒲树梅老师发的视频中我看见他眉眼弯弯地同大家一起祝我儿童节快乐。我心想总算把这个小刺头的小刺拔了。

临近6月，进行支教工作总结的时候我想，为什么不请同学们谈谈对我的印象呢？于是在一节课结束前的十分钟里，我便给初一（5）班的同学们布置了一个小任务，请他们谈谈对我的印象，写在纸条上。总共收上来53张纸条，小木措的纸条令我尤为动容，上面写着：张老师，我有一个心愿，我想和你做朋友。下一次上课我把自己的回答带到了课堂，对他说：“老师特别开心你想和我做朋友，但是做朋友的前提是互相尊重与礼貌，那你能不能做到呢？”从那节课起到最后一节课，我再也没见到小木措蹲在凳子上上课了。

小木措同我一起演示七步洗手法

## 劳动教育课

我第一次知道汶川中学有劳动教育课。

那一天中午我下班回公寓，在公寓旁边的竹林看见初一（6）班的小班长尚中靖带着另外几个女同学拿着扫帚在打扫落叶。她们同我打招呼后，小班长走出来问我："张老师，我们可以去你家喝口水吗，我们打扫了一早上，好渴。"我想公寓只有十几米远，便带她们回去了。

公寓里没有多余的杯子，只能用碗给她们每人倒了一碗水。我问她们怎么跑这么远来打扫卫生，她们和我说这是学校的劳动教育课，从初一到初三年级，从开学那天起每个班都要轮流打扫全校的卫生，这一天她们都不上课，唯一的任务就是负责全校的卫生清洁。我第一次听说有长达一天的劳动教育课，心疼她们辛苦，就从房间拿了家人寄过来的零食分给她们。几个小同学喝完水、吃了点零食，补充体力之后，便飞快地同我道别了，临走前和我说：“张老师，你知道吗，我们学校也有很多好吃的，下次我们也给你带好吃的。”我只当是小朋友一时口快不作数，叮嘱她们不要给我买。等到晚上下班回来时，王瓅珠发现公寓门口晾着的袋子里多了好多零食，甚至还有学校食堂卖的肉夹馍。我一猜便是那群孩子投桃报李，她们收到别人的一点善意便想着双倍奉还。

后来，我经常见到（5）班、（6）班、（8）班的孩子上一天的劳动教育课。一大早还雾蒙蒙的时候，就有同学在操场清扫垃圾，见到我便脆生生地叫：“张老师。”有一天傍晚，我还看见他们在擦洗学校的校车，汗水顺着他们的发际线滚落下来，他们的脸上却洋溢着笑容。虽然辛苦，我却从来没见他们喊累，山区的孩子更多地在劳动中体验美好生活的来之不易，小脸晒得黝黑，却都不娇气。我想这样的劳动教育课可以极大地锻炼他们的组织能力和劳动能力，增强班级的凝聚力，使他们比其他同龄人更快速地获得成长。

劳动教育课，同学在打扫卫生

初一（5）班的孩子们

初一（6）班的孩子们

初一（8）的孩子们

## 医务室“最可爱的人”

我一见到严老师便会想到《成龙历险记》中身穿白色衬衫、外搭黄色马甲，眼睛很小、戴着一副圆框小眼镜，酷爱唠叨的“老爹”，也总想称呼他一声“老爹”。我常常称严老师是医务室“最可爱的人”，至于怎么个“可爱”法，且听我细细道来。

严老师名叫严兴银，原来是汶川中学的生物老师，后来因为身体原因退居二线，来到医务室做起了管账先生。我想他虽然是生物老师，心里原来肯定有个做语文老师的梦。因为吟诗作赋、感慨人生他很拿手。没有学生或者老师看病买药的时候，我们可以处理一些电子资料或者疫情防控的工作，而严老师在反复盘账、数钱，仔细地把纸币叠好夹好后便显得有些无聊。于是在很多个相似的、百无聊赖的午后，严老师常常想到什么便开始对我们感慨：“小张，你说你们江南那里，春天是不是烟雨朦胧，哎呀，那可真是太美了。”这时我便会和严老师描述扬州的三月是如何烟雨朦胧、杨柳青青，湖上泛舟是如何惬意舒适，常常讲得严老师小小的眼睛中闪烁出向往的光芒。

严老师的儿子是在南京念的大学，他却从没有去过南京，因为孩子太过独立，连上大学都没让父母去送。然而严老师是十分向往江南的，甚至看到我们这些南京来的女孩也常常觉得我们温婉可爱，时常要夸我们几句，尽管我们自觉我们的性格更像川渝女子那般泼辣。看到严老师如此向往江南，我常常劝严老师寒暑假去玩，严老师却总是支支吾吾，我想，可能是因为他想象中的江南太过美好，害怕真实的江南不符合自己的期待，倒不如让它永远地停留在

我和“老爹”

我们在医务室留影

想象中。

在医务室掌管财务大权，严老师每天接触最多的恐怕就是钱了，然而严老师有点小洁癖和强迫症。这里的学生几乎都用1元的纸币，几乎看不到1元的硬币。而纸币经过流通，到严老师这里往往已经被团成一团，或者变得皱皱巴巴了。有点小脾气的严老师就会对着学生絮叨："哎呀，你看看你这个钱，你连钱都不尊重，以后怎么挣大钱的哇?"学生往往不好意思地挠挠头，但是没有办法，严老师只能"忍痛"收下这些纸币，然后在没人的时候再小心地捋好、夹好。有时候人多，不小心还会收到撕坏的纸币，他只有长叹一声，然后找胶带小心翼翼地将纸币粘好。严老师每天收钱、数钱，晚上回去做梦也是数钱。某一天早上严老师来到医务室开始点账，点着点着想起了昨晚的梦，对我们感慨道："哎呀，白天数钱，晚上回去做梦也是数钱，我竟然梦想成真了。"

作为医务室最"富有的人"，严老师的钱都捋得整整齐齐，用夹子夹着，小心数点账目的时候颇有几分像葛朗台，这又同他的文人气质不相符了。而每个月交账的时候，便是严老师最抓狂的时候了。因为交账需要校长签字，而校长又比较忙，严老师常常跑好多趟校长办公室都见不到人，见不到人就签不了字，任务就算没完成。严老师每次背着黑色的公文包垂头丧气地回来的时候我们便知道他又没有交上账，而眉飞色舞、脚底生风、一身轻松地走进来的时候，我们便知道他这个月的艰巨任务算是完成了，大家也替他松了一口气。

医务室是学校服务性质的机构，药品基本上是按进价上涨5毛、1元地卖，几乎不挣钱，医务室的老师们的工资也与医务绩效无关。而医务室每天最关心成交额的就是严老师了。如果当天成交额够高，放钱的抽屉满满当当，严老师便会感慨一句："呀，今天也是收获颇丰的一天！"这时候杨姐便会提醒他："严老师，您真傻，我们又不拿提成，收获颇丰只能说明咱们这一天够忙的。"这时候大家都会哈哈一笑。

我刚来医务室的时候，医务室有点忙，几乎每天都需要加班。入冬一段时间，流感流行期过后，学生生病少了，医务室的工作也相对轻松起来，我们每天都能准时下班了。这段时间严老师便会"督促"我们准时下班。他一般都这样提醒我们："同志们，下班咯"或是"同志们，我先走了"。有一天，他的下班宣言突然变成："同志们，又到了我们说再见的时候了。"一时间引得大家哄堂大笑，纷纷起身准备下班。

等我们离开汶川的时候，学校已经放假，严老师住在都江堰，没办法当面和他道别，我在微信上同他告别。这次他没有说"同志们，又到了我们说再见的时候了"，而是回了我两句话："时光不言又无语，唯有泪千行""山水有相逢，来日皆可期。祝你一路平安"。这样的严老师，真是又可爱又让人感动。

## 回程：起风了

6月的风吹来了归期——回程的日期是6月24日。从汶川到江苏淮安，要先从汶川坐大巴到成都，在成都转乘10小时的高铁，沿途经过江河、平原和山川。一班班列车带走的不是人，是一代一代的记忆与怀念。

我们不是一起回去的，汤文萍最先出发，随后是王瓅珠，我殿后——因为离开前我在汶川尚有一些任务没有完成。

第一个任务是上好最后一堂课。毕业于南京医科大学药学院的唐棠老师此前联系我，希望我在汶川上一节抗生素合理用药的知识科普课，并制作知识手册。我们做了一系列沟通，包括手册上需要呈现哪些方面的内容、适合中学生阅读的难度等等。最终，我们终于制作出一版适宜中学生阅读、制作精美的知识手册。

手册做好后，又临近期末结课。6月20日收到加急快递来的手册之后，我便立刻在初一（6）班上了知识科普课。所幸课程开展

我们制作的知识手册

我的最后一课堂

同学们开心地举起手册

得特别顺利，（6）班的孩子们拿出了最好的状态上这堂课。

第二个任务便是6月23日前往映秀镇青少年活动中心参加南京医科大学劳动教育实践基地挂牌仪式。

23日完成挂牌仪式后，我回到汶川中学，正值高考放榜，学校大群里通知晚上在思源广场举行高考放榜仪式，杨姐说届时学校可能会燃放烟花，于是我和杨姐约好等到晚上10点多一起过去。我们到的时候，广场上已经聚集了很多老师和高三的在校学生，广场前摆放了一排排的桌子，桌子上放满了零食与饮料，我一眼就看到了初一（8）班的班主任张彤老师。张彤老师和我说，他们班知道我要走，为我准备了离别礼物，但是快递还在路上。我说，我明天就要走了，可能来不及了。于是这个礼物后来便辗转又从汶川寄到了江苏——是一瓶沙砾、岩石质感的海风味香薰。

初一（8）班为我准备的离别礼物

晚上12点，高考成绩终于出来了，这一年高考汶川中学也取得了好成绩。在一片欢呼声中，高三的老师们身着喜庆红衣、手持荧光灯从教学楼走来，龙校长对高三学子们表示祝贺，校门外放起了鞭炮和烟花——因为走得晚，临行前我也有幸参与了庆典。

高三的老师们参加放榜仪式

第二天一早，天气好得不像话，杨姐开车将我送到路边乘坐大巴车。上车前我还和杨姐说说笑笑，等车一来，上车的时候背着她我就偷偷抹眼泪了。登上了这辆车，我将前往另一段旅途了。想到那群孩子、想要考南京医科大学的阿旺，真希望他们学业顺利、勇攀高峰，山水一程，真希望还能再和他们见面。

初一（8）班的孩子们

辑三

# 补充

# 1.2021级研究生新生始业教育第一阶段讲座演讲稿（张梦蝶）

## 新的起点，不辍耕耘

哈喽，2021级药学院的新同学们，大家好！我是你们的学姐，我叫张梦蝶，本科就读于药学院2016级临床药学专业，研究生将继续在药学院跟随李歆学习。在攻读研究生之前，我是南京医科大学研究生支教团的一员，目前在四川省汶川中学进行为期一年的支教活动，很高兴能够通过这种方式同大家短暂交流。相信刚进入大学校园的你们，对未来充满着期待、憧憬，此外还会有一点点迷惘，一点点的不确定。而大学生活，正是因为这一点点的不确定性，显得更加精彩。比如说五年前的我，压根儿就不敢想象未来的自己会和汶川这片土地结下不解之缘。如何游刃有余地在大学中“打怪升级”，找到人生目标，并为之奋斗一生？身为过来人，我的经验是：请尽情地挥洒你的汗水，当你感觉前路漫漫、没有答案的时候，埋头努力是最明确的答案，然后你会发现，5年后，摆在你面前的是许许多多的选择。对我来说，支教，是我给自己的答案。

接下来，我会和大家简单分享一下我的支教生活，由于特殊原因，我们目前没有走向教学一线，目前我们在医务室从事疫苗接种登记、学生问诊、换药等工作。

南京医科大学第23届研究生支教团是南医大组建的第一支研究生支教团，由来自公共卫生学院、护理学院和药学院的三位同学组成，自团队成立的那一刻起，就意味着我们三人在未来会成为最亲密的战友、同事、亲人。

自2021年7月18日以来，我们先在阿坝师范学院进行志愿者培训，由于南京疫情，我们又进行了为期14天的集中隔离、7天的居家隔离。隔离结束后，我们抓住假期的尾巴，参观了汶川特大地震漩口中学遗址、汶川家国情怀书院等，并及时同远在南京的暑期实践团队分享，完成了一场“爱党思源，情牵汶川”的分享活动。我们还与当地团委一起，举办了“夏日送清凉，团团暖人心”活动，为一线的防疫工作者、街道工作者、快递员等献上爱心。自8月17日来到支教地——汶川中学后，我们进行了一场场“革命”。这些“革命”都有名字，分别是手工DIY宿舍革命、自力更生下厨革命、视角革命等等。

因为刚开始食堂还没开，我们就自己做饭，后来食堂开了，我们还是沉浸在自己的厨艺中。在日常生活中，我们经常会碰到一些小动物：河岸边的小白兔、操场上的小黑，还有卫生间的蜘蛛……

我们也经常能够感受到四川人的热情，还能看到人民教师的另一面……

研支团的标语是：用一年不长时间，做一件终身难忘的事。相信这一年，会是我的人生中浓墨重彩的一笔，而对你们来说，大学入学第一年，也会是你们最难忘的一年。在这一年里，让我们一起挥洒汗水。新的起点，不辍耕耘。我的分享就到这里，感谢学院的老师给我这个机会和大家做这样的交流，再见，新同学。

## 2.医学生美育讲座演讲稿（张梦蝶）

### 将情怀化为责任：我在汉川支教的279天

哈喽，同学们，大家好！非常感谢大家参加今天的讲座，我是你们临床药学专业的学姐，现在是南京医科大学

主持医学生美育讲座

第23届研究生支教团的成员，同时也是南京医科大学药学院2021级临床药学专业的研究生，目前在四川省汶川中学支教。听说因为疫情，你们封校已经有一段时间了，我在四川深深地挂念大家，同时也希望通过今天的讲座，和你们分享一些不一样的经历，也为大家加油鼓气。

今天的讲座主题是“将情怀化为责任”，讲述我在汶川的支教生活。主要内容分为以下四个部分。

我为什么选择支教；

支教地的工作和生活分享；

支教感悟：青年人的担当与责任；

对未来的展望。

## 我为什么选择支教

我为什么选择支教，沈从文先生说过一句话：“凡事都有偶然的凑巧，结果却又如宿命的必然。”大家心里或多或少都有一个支教梦，我周围的很多同龄人都有支教情怀，在我支教之前就有同学利用暑期时间前往偏远的山村支教，在我来汶川支教之后，也有一些同龄人问我支教的途径和经验，而对本科阶段的我来说，支教一直是我深埋在心底的一颗种子，只是没有破土而出的机会。2020年9月，距离我本科毕业还剩9个月的时间，那段时间我很迷惘，每天都因毕业的压力焦虑、失眠，更多的其实是对未来的不确定。那时的我急需找到自己的方向，这时南医大的微信公众号上发布了关于招募选拔南京医科大学首届研究生支教团志愿者的通知。在本科期间，我做过许许多多的志愿活动，去过医院，去过社区，去过车站，去过南京偏远的小镇，爬过山、出过国，服务过陈列馆，也组织过义卖，支教是我唯一没有接触过的志愿服务，那时支教在我心里只是一个遥远的理想，是一颗深深地埋在地下的种子。当我看到招募通知的时候，我知道，这颗种子开始生根发芽了，我仅考虑了一个晚上就决定报名参加研究生支教团的选拔，一路披荆斩棘，经历选拔、培训，最后来到汶川。后来的经历告诉我，我确实在支教的过程中坚定了理想、信念，找到了未来的方向。支教就这样从命运的偶然，成为我生命中宿命般的必然。

## 支教地的工作和生活分享

我们的工作内容主要分为以下四个部分：汶川中学的教学工作、医务室工作、南京医科大学分配的活动任务、共青团汶川县委的活动任务。

在教学工作方面，我主要负责初一年级生命·生态·安全课的授课工作。顾名思义，这门课程涵盖了生命现象、生命价值、生态保护、心理安全、饮食安全等各方面的知识，旨在为青少年顺利进入青春期、养成良好的生活习惯，树立正确的人生观、价值观提供专业的课程指导。

除了课本知识外，我们还定期为学生普及健康知识，主要包括各类传染性疾病的预防，比如新冠肺炎、流感、结核病、艾滋病、夏季常见肠道传染病等疾病的预防知识。课后我们会要求同学们完成课程相关的手抄报。

除了常规的课程外，我们还结合我们的专业知识为同学们开设了CPR急救培训课堂，帮助他们掌握基本的急救知识。

除了教学任务，我们还负责学校的后勤工作，我和另一位研支团的成员主要负责医务室的相关工作，医务室的工作主要分为四个部分：为学校师生看病、拿药，进行药品管理、医疗器械消毒管理等。

疫情期间，医务室有一项重要工作就是疫情防控工作。我们的工作包括：学校师生的流调情况跟踪统计、新冠疫苗的接种工作、疫苗接种信息登记等等。

此外，我们还负责其他传染病的防治工作，包括全校师生的乙肝抗体检测、初高中新生的结核病筛查、全校学生体检、全校适龄女生HPV疫苗接种工作等等。

我们还和南医大共同举办了系列志愿活动，如2021年夏天举办的“爱党思源，情牵汶川”主题教育活动，2022年春天举办的圆梦明信片活动等等。

我个人还完成了药学院研究生始业教育第一阶段系列讲座、撰写劳动教育教材、南医大劳动教育实践基地挂牌等工作。

我们也参加了许多共青团汶川县委组织的系列志愿活动，比如我们和团委联合开展的“夏日送清凉，团团暖人心”志愿活动，活动内容是为防疫工作者、快递员、街道工作者送上防疫物资和消暑药品等等。

2022年清明，我们参加了烈士陵园扫墓活动，为烈士们清扫陵园、献上鲜花。从这些工作和活动中，我们感受到了当地浓厚的爱国主义氛围和人文特色，深深地融入了汶川，也深深地爱上了这片土地。

## 支教感悟：青年人的担当与责任

2021年是不平凡的一年，红军长征胜利85周年、中国共产党建党100周年，脱贫攻坚战全面胜利、“祝融”号火星车成功着陆火星、航天员甚至可以在太空出差……在这样的时代大背景下，青年人的使命与担当显得尤为重要。

作为南京医科大学首届研究生支教团的志愿者，首届意味着开创、意味着探索，也意味着责任，本着扶贫必先扶智，扶智必先扶志的原则，我们在一次次实践中加强对汶川人民的理解、情感认同和文化认同，在实践中将支教情怀转变为支教志愿者的责任和担当，同时也在实践中成为坚定的青年马克思主义者。少年智则国智，少年富则国富，少年强则国强，历史的接力棒传到我们的手里，我们每一位青年人都当义不容辞地为实现中华民族的伟大复兴贡献自己的青春力量。一点青春气，千里快哉风，希望我们的青春之风可以为这片土地带来一丝盎然绿意。

## 对未来的展望

转眼间，我来到汶川已经10个月了，再过两个月就要告别这里回到南京医科大学继续攻读，仿佛昨天我才背着重重的行囊来到汶川，今天就生起离别的愁绪。研支团的标语是“用一年不长的时间，做一件终身难忘的事”，这句话是每一位研究生支教团成员的真实写照，支教一年，自教一生。这一年的支教生活使我收获满满，不仅锤炼了我的生活自理能力，培养了我对各种工作的应对能力，更坚定了我作为一名青年党员在实践中成长、在困苦中进取的决心与抱负。在我最迷惘的时候，是汶川这片土地告诉我，你做三四月的事，在七八月自有答案。未来我将继续深深扎根当下，做好每一件事，将全部的精力用在科研和为人民服务上，身体力行做到“请党放心，强国有我”。

今天的分享就到这里，谢谢大家倾听。

## 3. 支教期间采访资料

### 入选南京医科大学第23届研究生支教团之后的首次采访

**采访人**：您在大二、大三阶段曾分别担任校学生会社会联络中心主任与校团委实践部部长，请问您在组织活动的过程中遇到过哪些困难，您是如何解决这些困难的？

**王瓅珠**：困难是难以避免的。组织活动时，我常遇到沟通不畅等问题，主要发生在活动参与者与相关对接老师之间。我作为连接老师和同学的桥梁，负责做好信息的上传下达，但偶尔也会遇到对方不能准确地理解我所表达的内容的情况，从而导致活动效果出现偏差。

我认为提前准备和整理反馈是解决问题的关键所在。比如，通常我会提前收集好同学们的问题，并及时准确地传达老师的要求；后续则将同学们的相关反馈及时整合并反馈给老师。

**采访人**：作为首届南医大研支团的成员，您是如何萌生加入研支团想法的，有什么契机？

**王瓅珠：**

我身边有一位曾经参加过研支团的前辈，她在与我分享这段支教经历时，把这段经历当成一笔财富。支教过程中，她切实地帮助孩子们成长，提升了个人能力，并且与当地的同事和孩子们产生了深厚的情谊。她对这段经历的真挚感情是最令我动容而向往的。

**采访人：**请问您认为在支教过程中最需要克服的困难是什么？您将为迎接这些困难做好哪些准备呢？

**王瓅珠：**我认为最需要克服的困难是如何成为一名言传身教的教师。毕竟我不是一名师范生，如何在课堂中合理高效地传输知识，如何在课堂外展现美好的品质，如何把自己的热情更为饱满丰富地呈现出来，等等，我认为这些都是需要我深入思考，并在今后的支教工作中认真学习的。因此，我会多多向参加过研支团的前辈请教，向当地的老师学习，借鉴他们的成功经验，在尽可能短的时间内努力成为一名优秀的教师。

**采访人：**习近平总书记在2020年给北京大学援鄂医疗队全体“90后”党员的回信中强调：“在新冠肺炎疫情防控斗争中，你们青年人同在一线英勇奋战的广大疫情防控人员一道，不畏艰险、冲锋在前、舍生忘死，彰显了青春的蓬勃力量，交出了合格答卷。”这段话激励广大青年勇挑重担、继续奋斗。请问您如何理解这段话，这段话对您去参加支教有什么指引作用？

**王瓅珠：**在此次疫情期间，冲锋在抗疫前线的青年一代表现出来的迎难而上、奋勇拼搏的精神和誓死守护人民群众生命的信念，令我非常敬仰。这份拼搏劲儿值得我们所有青年学习。

在支教过程中，我会践行、发扬这种迎难而上的精神，更会注重培养孩子们的奋斗拼搏、热爱家国的精神。无论我们在什么岗位，这种品质都值得发扬。

**采访人**：到达汶川以后，除了教学，您最想做的事情是什么？

**王璨珠**：我最想做的事情是多多和孩子们沟通。我认为要关注孩子们的心理健康，培养他们对生活的热情，帮他们树立勇气和信心，鼓励他们学好知识，引领他们合理规划未来，用自己的力量建设家乡、报效祖国。

**采访人**：大学生志愿服务西部计划有一句宣传语是这样的："用一年不长的时间，做一件终身难忘的事。"对于一年以后的自己，您有什么样的期待？

**王璨珠**：我希望自己能够不忘初心，坚守在岗位上，实现自我成长，用热情和责任感做好每一件事，不愧对当地的孩子们和给予我们帮助的老师们。我更希望我能够在这一年里让孩子们收获知识，使他们的人生因为我而多绽放一丝光彩。我也希望这段经历可以成为我一生的财富。

**采访人**：请问您参加研究生支教团的初衷是什么？这个项目吸引您的地方在哪里？

**汤文萍**：我参加研支团是想尽己所能，像曾去支教的前辈们一样，在学习上和生活上给孩子们一些帮助。

研支团最吸引我的地方是能够让我学有所用，从而实现个人价值。作为学校首届研究生支教团成员，国家与学校的支持更是我前行的动力。我想成为这个领头人，代表南医大出战！

**采访人**：支教与您之前参加的志愿活动有所不同，甚至能称得上是一次全新的挑战，对于此次支教项目，您是否有做一些与以往不同的准备来应对呢？

**汤文萍：**不久前，学校曾组织我们参加培训课程并听取了前辈们的经验分享；我自己在实习医院的行政部门参与过一些简单的文案工作，并在闲暇时间阅读了教育相关的专业书籍；未来我也打算参加附近小学的教学工作。支教对于我来说是一个全新的领域，需要准备的内容很多，我会充分利用好接下来的时间去不断完善准备工作。

**采访人：**“一粒种子”这个词组在您的支教申请简历中多次出现，请问它蕴含着什么特殊的含义？

**汤文萍：**其实参与支教工作是我很早就想做的一件事。说是梦想感觉太大了，所以不妨说成“一粒种子”更恰当些。

种子在偶然间种下，便一直深埋在脑海。支教就像是为孩子们种下思想的种子，它生根发芽，再经过孩子们的努力浇灌，或绽放美丽花朵，或长成参天大树。

**采访人：**学姐的热情一定能感染更多的同学投入志愿服务事业，您有什么建议给他们吗？

**汤文萍：**希望学弟、学妹们不要把志愿服务当成有功利性目的的任务，而应该更多地去培养自己的热忱之心。在参加活动帮助他人的同时，去享受活动带给我们的幸福感。我相信，珍惜并好好利用大学时光，多多参与志愿服务活动，定会有丰富的收获！

**采访人：**您在大学期间始终积极参与志愿服务活动，习近平总书记也曾告诫“不忘初心，方得始终”，是什么样的初心让您一直保持着这样一份对志愿事业的热忱呢？

**汤文萍：**也许就是骨子里那乐于助人的本性吧。在我有能力、有时间，也有人需要我的情况下去做一些志愿活动，为他人解困的同时还能遇到很多投缘的小伙伴，传递温暖的同时还能放松自己的心情，何乐而不为呢？在我之前，有更多的前辈们都在为志愿服务出力，看到他们就仿佛看到了我努力的方向。

**采访人**：在参加各项志愿服务活动时，学姐是否遇到过困难与挫折？您是怎样来处理这些问题的呢？

**汤文萍**：有一次我去参加社区的志愿活动，需要接触残疾儿童的家庭，参加前几天我担心因缺乏沟通经验，也许无意间某些言行会冒犯到他人。因此在活动前我咨询了带队老师，仔细查找了解了一些沟通注意事项。

其实参加志愿活动出现一些小波澜是在所难免的，但只要你能真正了解这个活动，提前做好准备，在活动中勤于与他人沟通、合作，总会有办法解决的。

**采访人**：您对这次支教有什么期待？或者说此次支教之行您最想给汶川的孩子们带去什么呢？

**汤文萍**：希望这次和孩子们的见面可以开拓孩子们的眼界，点亮他们的心灵，让他们感受到生活独一无二的美。我会尽我所能，为培养祖国的幼苗、帮助他们茁壮成长出一分力。

**采访人**：从资料中可以看到，学姐在本科期间拥有丰富的志愿服务经验，您认为参加志愿服务活动的意义在哪里？此次研支团活动与您之前参加的其他志愿活动有什么相似之处和不同之处呢？

**张梦蝶**：我认为参加志愿活动的意义可以分为两个方面：一是对他人，二是对自己。不同的志愿活动，服务对象不同，其意义也是不同的，但对他人、对社会都是有益的。志愿活动具有潜移默化的作用，它在每个人的心中埋下爱和希望的种子，这些种子会茁壮成长，结出更多的种子，延续这份爱与希望。从对自己这一角度上来说，志愿服务教会我成长——如何自立、如何靠自己去解决问题等。可以说，如果没有一次又一次参加志愿服务的经历，就没有今天充实的我。

我觉得志愿服务的初心以及公益性是它们的相似点。所有志愿服务都需要我们付出热情，通过实际行动去做一些改变，做一些对个人、对社会有意义的事。

研支团活动与其他志愿活动的不同之处在于服务对象、服务时长、服务形式、服务地域以及组织规模等。我们即将与一至两个班级的孩子一起相处近一年的时间，给他们上课，关心他们的学习、家庭、生活，这是我从来没有经历过的，是一项全新的挑战。我们支教团是由来自三个不同专业的女孩子组成的。在支教这一年我们会像家人、战友一样一起工作、相互扶持，在汶川这片美丽的土地上奉献自己的青春。这将是很浪漫、很难忘的一件事。

**采访人：**研究生支教团是到国家中西部贫困地区中小学开展为期一年的支教志愿服务，构建了南京医科大学与西部发展的桥梁，作为首届南京医科大学研究生支教团成员，您身上背负着巨大的职责和使命，是否有一些担忧和顾虑呢?

**张梦蝶：**担心是不可避免的。一方面，作为南京医科大学第一届研支团成员，我们代表了南医大的形象，这也让我们更加注意自己的一言一行，更愿意做出工作成绩，争取为校争光；另一方面，我们是先行者，之后会有更多的学弟、学妹接过我们的接力棒，所以我们的工作、生活等各个方面的经历都将以各种形式传达、教授给他们，这也在一定程度上给我带来压力。尽管如此，我不会因为这份压力而害怕、忧虑，我更多感受到的是压力带来的动力和对支教工作的期待。

**采访人**：习近平总书记曾经说过："志之所趋，无远勿届，穷山距海，不能限也。"其实讲的就是对想做的事情要敢试敢为，这次研支团也是对您的一次历练，远离家乡、远离亲人，您是怎么说服父母，又是怎样获得父母的支持的呢？

**张梦蝶**：我是一个比较有主见的人，我的父母一般也总是支持并尊重我的决定。

报名的时候，我母亲主要担心支教地点偏远，条件艰苦，但是通过积极和她沟通，告诉她我的想法、决心以及搜集的支教信息等，我让她明白我已经做好了准备，母亲便也表示信任与支持。

**采访人**：您在资料中提到过，您来自基层，也一直想要回到基层，这次研支团也是一个很好的机会让您能够回到基层，您对后续的支教活动做了哪些准备呢？

**张梦蝶**：首先，校团委为我们开展了研究生支教团线上讲座，对我们进行了包括个人素质、政治素养、教学技巧与方法、生活技能等各个方面的培训，我们则及时对讲座内容进行消化、吸收与总结；其次，我们完成了公文写作、录屏试讲、教案撰写、活动策划等工作，为适应支教工作打下基础。此外，近期我申请到所在实习点的行政部门实习，熟悉行政工作；在前往支教地之前，我还计划申请去周围的学校实习，提前向在岗的教师学习教学技能，请教教学经验。

**采访人**：您想对即将遇到的孩子们讲些什么？

**张梦蝶**：嗨，小朋友们，很开心遇到你们，未来的一年请大家多多指教，一起加油！

**采访人**：您对未来的支教生活有哪些期待？

**张梦蝶**：我很期待自己能够与支教地的孩子们建立情感的纽

带。我现在的心情有点期待，也有点紧张，希望自己在支教工作中、与孩子们的相处中，将这种期待与紧张转换为脚踏实地的快乐与热爱。再之后，我期待自己能够融入这个集体，以一种更加舒适的心态，与他们像亲人一样相处。同时，也希望在这个过程中，热情与爱能一直伴随我。

## 2021年11月，走上工作岗位一段时间后的一次采访

**采访人：**我想了解一下你们平时工作是什么？都干些什么事情？

**王瓅珠：**我们现在担任初一年级生命·生态·安全课的老师，平常在校办和医务室工作。

**采访人：**你们那边支教条件怎么样，比如教学环境、居住环境方面？

**王瓅珠：**教学环境什么的其实都很不错，住宿方面，学校很关心我们，环境也是比较好的。

**采访人：**那你觉得你在此期间最艰难的事情是什么？是怎么克服的？或者说是怎么适应的？

**王瓅珠：**应该是如何根据这边孩子的特点来维护他们的安全吧，包括他们生理的安全、心理的安全。这边的孩子和江苏的孩子还是有一些不同的，这边的孩子身心发展稍微滞后一点，并且还有一定的民族特色。那我需要做的首先就是尊重这边少数民族的文化特色，然后多和他们沟通了解。

**采访人：**以前不适应现在适应的东西是什么？

**王瓅珠：**在课上和课间通过多种方式和他们谈心，然后了解他

们现在究竟需要什么。在生命教育方面，我们发挥医科特色，多教会他们一些应急救护之类的知识。

**采访人：**当初为什么想去支教？

**王瓅珠：**因为热爱和情怀吧！我本人非常热爱志愿活动，我在本科期间其实也参加了很多志愿活动，我觉得这不仅仅是帮助他人，更是一种锻炼自己的机会。然后呢，刚好这次机会可以让我走出象牙塔，到祖国西部，真真切切地感受我们祖国的发展建设，这也是一个非常好的奉献青春的机会。

**采访人：**支教这件事教会了你什么？你体会到了什么？

**王瓅珠：**一种包容和体谅别人的心态，因为这里无论是民族生活方式，还是地区文化、经济方面都与我以往生活的环境存在差异，我首先需要做的就是拥有一种理解他人、尊重他人的包容心态。对于多方沟通、了解学生，了解当地文化等各个方面，我觉得这种心态都非常重要。这也是一种基础的解决问题的能力。

**采访人：**医学生的培养周期本身就很长，去支教一年会不会觉得比同龄人多花一年时间，想到这里会不会觉得焦虑？

**汤文萍：**不会的。一年时间什么事情都不做才是真正的浪费。到四川支教，我能获得不同的体验，也可以为当地的教育事业或者其他方面提供一些帮助，这是非常有满足感的。至于专业课，我在平时也会多看书，争取不会落下太多，等支教结束也会尽力赶上。所以，根本算不上浪费，我觉得意义还蛮大的，是很不一样的一段时光。

**采访人：**去支教和家人商量过吗？他们有没有反对？

**汤文萍：**家人没有反对。因为我很早之前就跟家人沟通过想去支教的想法，这次机会来临，父母很支持我的决定。本来出远门自己心里还是有一点点担心的，父母的支持让我更放心大胆地前去支教。

**采访人**：可以谈谈支教期间主要的工作内容吗？作为南医学子，支教期间的授课内容有没有与医学相关的，例如向同学们普及医学知识？

**汤文萍**：我教授的课程为生命·生态·安全，在学校医务室也有工作，上课的内容除了教授书本知识还会有健康宣讲，包括脊柱侧弯的知识宣讲、艾滋病以及肺结核等的防治。课本上也有许多与医学相关的知识，囊括了心理学、儿童生长发育、青春期健康等。我会结合自己的专业知识给同学们进行一些拓展，让他们学到更多知识，并针对当地流感、肺结核等疾病高发的情况进行着重宣传。

**采访人**：当地的生活如何？会不会觉得很艰苦？

**汤文萍**：其实我们是做好了应对艰苦生活的心理准备的，已经做好了没有水洗澡、都是泥巴路的心理准备，但实际到那边发现生活还不错，并没有想象中的落后，应该是国家脱贫攻坚以及当地居民努力发展的结果。当地周围环山，山下是江，虽然有一些不方便的地方，但比想象中的好很多。

**采访人**：支教期间让你感触最深的人或事是什么？

**汤文萍**：周围的人都很热情，与我们一见如故，相处一段时间之后大家就像家人一样，有什么事情大家都会一起想办法，一起解决，虽然我们在那里待的时间不长，但我们之间的感情很深。还有我教的学生，刚开始上课的时候，有的同学很调皮，安静不下来，甚至让我有点生气，当时还怀疑过同学们是不是不喜欢自己，有点不知所措。后来，有一个同学偷偷跑过来说："老师，我们很喜欢你，你可不可以当我们的班主任呀？"我听了，内心好惊喜，突然明白过来，他们是因为喜欢我才和我调皮，我觉得很感动。比起严厉的班主任，同学们更喜欢比较亲切的我，我也跟他们表达了自己对他们的喜爱，同时也向他们解释了班主任为何严厉。同学们喜爱我，我自己也觉得很开心，但在课堂上，该批评的时候我也还是会批评的。

**采访人**：支教的经历让你有哪些感悟？得到了哪些成长或收获？

**汤文萍**：觉得自己还是不太成熟，还要再稳重一点，既然现在已经不是大学生了，既然选择了支教，成了一名老师，就应该有老师的样子。当地的一位老师给了我很大的启发，那位老师说："即使学生很调皮，不听话，也不应该站在学生的对立面去批评、指责，而是应该心平气和地和学生沟通。即使学生调皮自己很生气，但作为老师就是应该去教育他们、给他们正确的引导，他们有问题，老师才有发挥的地方，如果每个孩子都很听话，那老师的作用就会比较有限。"我毕竟不是师范专业的，接受的相关培训也有限，真实的课堂和自己想象中的会有出入，来这边跟当地的老师学到了很多。

**采访人**：当初为什么会选择报名参加支教活动？

**张梦蝶**：因为从小生活在相对落后的地区，长大后深感教育资源对孩子成长的重要性，自己也得到了身边许多亲人和朋友的关爱，觉得人要饮水思源，大学时期也曾做过相似的志愿服务，觉得支教是一件很有意义的事情。

**采访人**：支教的过程中会不会觉得很艰苦？

**张梦蝶**：支教前做好支教地点相对落后的心理准备，但到支教地点以后发现没有自己想象中的差，因为国家的脱贫攻坚政策和汶川地震后的灾后重建，当地环境也在变得越来越好。

**采访人**：支教过程中有没有印象深刻的事情或者和同学们相处过程中的小确幸可以分享？

**张梦蝶**：印象最深刻的就是自己第一次上讲台授课的情景，第一堂课结束后，有个孩子跑到我跟前，羞怯又诚恳地问我："老师，下节课还是你来吗？"当时觉得心脏仿佛被击中了一下，短短一堂课的时间能够得到同学们的认可，我既开心又感动，但同时也有了压力，想着一定要做到更好，不能辜负他们的期待。

每次上课前，班级的同学都会早早地跑来办公室，把我的书本、U盘、电脑拿到教室；在校园里遇见了，他们隔着老远就用四川话大声地向我问好。还记得，有次课上讲到小丑鱼作为硬骨鱼类被评为世界上最可爱的动物第11名，有个孩子问道："那最可爱的动物是什么呀？"一时间，教室里叽叽喳喳讨论开来，突然有个声音回答："世界上最可爱的是张老师！"……点点滴滴都是我和他们相处过程中的小确幸。

## 为南京医科大学第24届研究生支教团的学弟、学妹们答疑解惑

**苗开欣**：支教过程中，和学生、老师以及家长相处情况如何？

**汤文萍**：学校老师对我们的到来都很欢迎，无论是在生活，还是工作上，都给予我们很多帮助。没有东道主的架子，只有东道主的热心。

学生则是课堂氛围的维持者，在这里，没有冷场，只有争相举起的小手。下课之后，同学们会围上来，和我分享他们平时的爱好、"宝藏"等等，将陌生、疏离一扫而光。每次上课我们都很开

心，也期待着下一堂课。

**杨盛润：**能和我们分享一下支教生活中的一些小确幸吗？

**王璨珠：**不管是在课堂上，还是平日在校园里，能遇见学生们的每一刻都是一种小确幸。在课堂上，他们都会将我们说的每一句简简单单的话记在心里，会认认真真听我们讲述课堂外的美好世界，会在每堂课前递过来一根棒棒糖。在课后，他们也会成双结对地跑到我的面前道一句响亮的“王老师好”；在周末，他们先是问一句：“老师在吗？”然后寻求我们的帮助，他们也会绘声绘色地向我们描绘他们的风土人情。每一次遇见学生们，看到他们眼里有笑，就是我们来到这里之前从未遇见过的小确幸。

**李芸霞：**支教以来自己身上最大的改变是什么？

**王璨珠：**一种不服输的韧劲吧。因为支教面对的不仅有学生，还有新的工作单位和不同的风土人情。从协调相关部门，到熟悉孩子们的成长环境，不仅有欢笑，也有一定的困难。遇到困难，除了履行责任，我们也学会了冷静分析、妥善处理，以及如何进行多方沟通，站在他人角度考虑问题，以合适的方式表达自我的诉求，慢慢地养成了一种独立面对和不服输的精神。

（部分内容转载自青年南医公众号）

## 4. 支教总结（王瓅珠、汤文萍、张梦蝶）

南京医科大学第23届研究生支教团 汤文萍

一、工作成效

2021年8月1日至2022年7月31日，我在四川省阿坝藏族羌族自治州汶川县威州镇完成了为期一年的支教工作。支教期间，我任初一（1）班和（3）班的生命·生态·安全课老师，工作内容为备课、授课，累计大约20课时。此外，我还承担了校医务室的工作，除日常协助医生换药、治疗，在军训期间提供医疗保障等以外，还负责校内师生疫情防控数据的收集整理等。其他还有一些辅助性工作，如校内学生体检协助、教师招聘、监考等。为学校补充了后勤力量，提高了办事效率。在医务室工作期间，我和当地医生探讨了新的医疗模式和医用材料，并将自粘式弹力绷带这一材料引入了医务室，在包扎手指、脚趾等一些部位的损伤时配合使用原有的纱布绷带。

**二、主要收获**

1.学习方面

因为在医务室工作，我和同事一起关注医学动态，承担换药等工作，不仅专业知识得到了巩固，还对技能操作进行了练习，紧跟时事的脚步，开阔了眼界、丰富了自身的知识储备。此外，汶川也是少数民族聚集地，以藏族、羌族居多。多个民族的融合，构成了不同于苏锡常的特色文化，在汶川期间，我亲身体验了本地的风土人情，并向少数民族同胞学习。

2.工作方面

校内的授课、出差、后勤等工作，使我的沟通交流能力、变通能力得到了很大的提升。校外我偶尔也会参与共青团汶川县委组织的志愿实践，我的工作能力得到了锻炼。由于汶川中学的工作时间较为宽松，也让我养成了良好的时间管理能力。

3.生活方面

汶川人热情而真诚，无论是同事、领导，还是威州镇上素不相识的陌生人，都是好客、乐于助人的。在街上等不到车，会有过路的果农大叔捎我们一程；想吃的甜水面当天不出售，店家会热心地给我们现做……给身在异乡的我们带来了温暖。

**三、工作建议**

研支团的前期工作可能需要更全面一些，多考虑一些实际情况，如当地学校的教师岗和研支团成员的匹配程度等。

## 南京医科大学第23届研究生支教团 王瓅珠

2021年8月1日至2022年7月31日在汶川中学服务的一年期间，我深受南京医科大学和汶川县党委、团委的关心与爱护，得到了当地群众的大力帮助与支持。支教无疑是对我人生经历的一次极大的丰富，无论在思想上，还是在技能上，我都受益匪浅！现对过去一年的支教工作进行总结，具体如下。

**一、夯实理论，加强学习**

作为南京医科大学首届研支团队长，我对这里的情况不清楚，但成熟的政治素质、过硬的业务水平和高尚的道德风范，是将支教工作做好的前提。为此，我们以掌握常用知识技能为目标，积极参与师德师风专题警示教育活动，参加教师基本素养、中小学教学能力、中小学教学理论、样板课程、中小学教育法律法规等相关内容的培训，前往学校实习，加强、提升教育教学能力；参与党史学习教育、聆听主题团课、学习中国共产党的精神谱系，从多个维度了解中国共产党的伟大发展史。

在夯实理论功底的同时，我们也不断将理论学习同支教工作相结合，例如开展线上团课云分享、观看天空课堂、帮助指导班级黑板报等。

此外，我也带领研支团成员开展常规党支部工作，如年末工作小结、民主生活会等。

**二、春耕夏耘，助力成长**

来到汶川中学后，我负责教授初一年级四个班的生命·生态·安全课。在课堂上，我通过肢体语言和提出问题等方式，介绍人体的基本构架；播放南京医科大学红十字会学生分会的宣讲视频，假设情景，再手把手教学生急救包扎；介绍自己的国外研学经历，帮助学生了解国外的风土人情；利用各种多媒体材料，带领学生学习百年党史。

同时，我也参与了汶川中学的行政工作，针对常见的传染病以及不良生活习惯，进行健康教育宣讲。另外，我还参与了软文推送、学校简报、微视频编创工作，尽自己所能提高学校的声誉。

**三、积极主动、开拓创新**

支教之余，我也积极参与当地志愿活动，继续发挥我校医科特色。例如，向当地居民发放防疫物资、开展疫情防控宣传、慰问帮助坚守在一线的防疫人员；助力学校以及威州镇的疫苗接种、乙肝抗体检测等工作；前往漩口中学地震遗址参观，通过录播的形式，向江苏的朋友们展现了汶川自强不息的精神；前往岷江，保卫四川的母亲河岷江的河滩环境；与特殊教育学校的孩子们一起包饺子，为他们送上暖暖的冬至祝福；等等。

在脱贫攻坚成效的走访工作中，通过与汶川县威州镇索桥村村民的交流，我了解了村中有关环境卫生治理和疫情防控的政策要求。看到当地的脱贫成果和乡村振兴现状，我充分感受到了当地居民的获得感、满足感与幸福感。

**四、薪火相传、生生不息**

针对未来的支教工作，建议我校继续和支教学校沟通联系，共同保障支教学生们的工作与生活。

## 南京医科大学第23届研究生支教团 张梦蝶

在过去的一年中，作为南京医科大学首届研究生支教团志愿者，我不畏艰难、艰苦奋斗，为西部振兴贡献出微薄的力量。一年的工作经历给我留下许多人生财富，在此我总结汇报过去一年的支教工作，希望可以为后续研究生支教团的建设提供帮助。祝愿南京医科大学研究生支教团越办越好。

我的个人总结分为三个部分：工作成效、主要收获、工作建议。

### 一、工作成效

教学工作：我主要负责初一年级三个班生命·生态·安全课程的授课工作，课程涵盖了生命现象、生态保护、心理安全等各方面的知识，为青少年顺利进入青春期、养成良好的生活习惯、树立正确的人生观提供指导。除了课本知识，我还结合专业特色和疾病流行病学特征定期为学生普及健康知识。

校医和传染病防治工作：基于我们的专业特色和当地基层医务资源紧缺的现状，我和汤文萍被分配至学校医务室，从事校医和传染病防控相关工作。主要工作内容包括为学校师生看病、拿药，进行药品管理等。疫情期间，我们还负责学校师生的流调统计、疫苗接种、信息登记等工作。除此之外，由于川西地区属于传染病高发地区，我们还负责其他传染病的防治工作，如全校师生的乙肝抗体检测、初高中新生结核病筛查、适龄女生HPV疫苗接种等。

思政建设工作：在汶川期间，我积极配合党支部开展学习工作，学习党的十九届六中全会会议精神、雷锋精神、习近平总书记在中国共产主义青年团成立100周年大会上的讲话等，武装思想，紧密团结在党的周围。

特色活动：举办、参与了系列志愿活动，如2021年7月举办的“爱党思源，情牵汶川”主题教育活动、2021年9月“夏日送清凉，团团暖人心”志愿活动、2022年3月圆梦明信片活动、同药学院开展研究生始业教育第一阶段系列讲座、大学生美育教育讲座、撰写劳动教育教材、推动南京医科大学汶川劳动教育实践基地挂牌工作等等，为南京与汶川的长期交流架起桥梁。

二、主要收获

从支教工作中，我感受到了当地浓厚的爱国主义氛围和人文特色，深深地融入了汶川，也深深地爱上了这片土地。“用一年不长的时间，做一件终身难忘的事”，这句话是每一位支教志愿者的真实写照，一年的支教生活不仅锤炼了我的生活自理能力、培养了我对各种工作的应对能力，更坚定了我作为一名青年党员在实践中成长、在困苦中进取的决心与信念。未来我将继续深深地扎根当下，做好每一件事，将全部的精力用在科研和为人民服务上，身体力行做到“请党放心，强国有我”。

三、工作建议

南京医科大学以及汶川当地的相关领导对我们的工作、生活极为关心，大部分困难我们都能克服，但是只有批评和自我批评才可以促进团队进步，真正走上课堂我们发现自身还有很多不足，所以我对未来的工作建议是：培养规范化的教学能力。

最后希望南京医科大学研究生支教团越办越好。

## 5.第23届研究生支教团致第24届研究生支教团的信

第24届研支团的学弟、学妹们：

展信安好！

从骄阳似火的炎热夏日，到凉风渐起的金色秋季，几个月的奋斗努力终于迎来了回报。十月中旬就已喜闻三位学弟、学妹如愿以偿地加入了新一届的研究生支教团，我们由衷欣喜，也遥祝学弟、学妹们未来的学习和支教生活一切顺利！

一年以后，你们可以在汶川中学的操场上感受到“日出而林霏开，云归而岩穴暝”的景致，在江声涛涛的岷江岸边欣赏到“江作青罗带，山如碧玉簪”的风光，也会因生活在这里的人们全力以赴创建幸福生活而深受鼓舞。你们还会从小巷中娓娓动听的羌歌声中、街道边飘香十里的川菜馆里、校园里活力四射的少数民族少年身上，感受到汶川人民的朴实无华和无忧无虑。

不知不觉我们来到汶川已近三个月，一切安好！这段时光中，我们经历了集体培训、隔离，参与了疫情防控志愿活动等。但佳期难得，好事多磨，8月底我们正式走进了汶川中学，暂时脱下了医学生的衣衫，变成了为学生服务的老师。虽然前期被安排在校办和医务室，但从学生口中的第一句“老师好”，路上相遇的第一次轻轻鞠躬开始，我们知道我们一直在学生们身边，一直在以自己的方式陪伴他们成长。

国庆后，我们在各方的协调下如愿以偿地正式走上讲台，全力守护着初一孩子们的生命安全与健康。在课堂上我们与孩子们一起分享着青春期的快乐与烦恼，守护他们的健康，我们还给他们讲述阿坝以外的世界，和他们一起憧憬未来。课前，学生们翘首期盼；课上，学生们热情回应，让原本担忧不知如何与学生相处的我们释怀。

对于支教工作，我们一直用心、负责！“道阻且长，行则将至。”我们是南医大第一批走进汶川的支教老师，在恪尽职守的同时，也在不断地摸索，为学生们寻找更广阔的舞台。当然，还有一年不到的时间，这份责任也会落在你们稍显稚嫩的肩膀上，希望你们这段时间静心沉淀，把握机会、努力夯实教学基本功，为支教工作积蓄实力与勇气。我们三位学姐期待并且相信你们能够支援祖国西部，不辜负青春和梦想。

最后再次祝愿你们能够信心满满、坚定不移地完成所有支教工作，成为最好的自己！

书不尽意，余容后叙！

南京医科大学第23届研支团

王璨珠、汤文萍、张梦蝶

2021年10月22日